序

　　「為了因應即將到來的國際化社會，我們應該學習實用的英語」。這句話從筆者出生前流行到現在，大家早已耳熟能詳。這幾十年來，我們確實為英語教育下了不少功夫。從最近幾乎每一所國、高中都可以見到外籍教師，便可以肯定教育界在學校教育實用化上所做的努力。只是，大多數國人對於英語卻依然一籌莫展，最大的因素當然是日常生活中極度缺乏說英語的機會（說完全沒有機會也不誇張），而「聯考的戕害」也是一項原因。

　　筆者本身在補習班執教鞭，對於大學聯考日趨活潑的出題方式早有覺察。像毫無意義的句型改寫、冷僻的文法試題勢必退燒，英文作文將受重視等等，若說英文作文是擺脫填鴨式教育的第一步，那麼現在的大學聯考確實已經朝著正確的方向邁進了。相信你一定覺得很奇怪，大學聯考都已經不考「聯考英語」了，為什麼我們還是不時聽到人們抱怨「都是聯考害的」呢？到底「聯考英語」藏身何處？

　　筆者認為，「聯考英語」依然棲身在補習班的教室裡。雖然補習班給人的印象一向是最順應潮流，但在英語教學方面，卻仍然脫離不了以往以造句為主的教學方法。這種只培養閱讀能力的教育方針，早自十九世紀起便殘存至今，難道現今的任教者沒有信心開拓出新的教學法嗎？也許事實真是如此。說得難聽一點，許多人可能根本連「聯考英語」哪裡有問題都搞不清楚，就連國、高中的教師也無可倖免。

　　大學聯考目前正在逐年調整、改革，站在第一線的教師當然有責任培養學生正確的學習態度，方能使國內的英語教育有好的進展。方法之一就是整理「聯考英語」中可用與有害的部分，重新作一次檢視。關於這點，筆者有幸數年來一直與一位外籍教師搭配教學，算是站在檢視「聯考英語」缺陷的最前線，並且從中發現了不少過去自己被誤導的地方。筆者並無海外生活的經驗，也不擅長引

導式教學，相信國內有許多教師和筆者面臨同樣的問題。希望書中拙見能夠有助於這些同道，以及曾受「聯考英語」教育之累，目前正要朝「實用英語」下苦功的讀者們。若是能藉此機會消滅無用的「聯考英語」，使國內的英語教育更上一層樓，筆者實感欣慰。

　　1998 年 11 月

小倉　弘

目　次

語意篇

Unit3　超級比一比

Unit4　用英語思考

文法篇

Unit 1　時態

Unit5 限詞

Unit6 介系詞

Unit7 文體

英語大考驗

語意篇

Unit1

都是譯文惹的禍

第 1 條　abandon＝拋棄
第 2 條　be in trouble＝遇上麻煩
第 3 條　be willing to＝樂意
第 4 條　increase＝增加
第 5 條　nature＝自然
第 6 條　pay attention＝注意
第 7 條　rather than＝毋寧
第 8 條　take a rest＝休息一下
第 9 條　together＝一起
第 10 條　without doing ～＝而沒有～
第 11 條　generous＝寬大
第 12 條　put on＝穿、戴
第 13 條　narrow＝狹窄
第 14 條　get on＝搭乘
第 15 條　in case S V＝以防萬一
第 16 條　take after＝像
第 17 條　take place＝發生
第 18 條　give up doing ～＝放棄
第 19 條　out of order＝故障
第 20 條　habit＝習慣
第 21 條　attend＝參加
第 22 條　dish＝菜餚、食品
第 23 條　fit＝合適
第 24 條　popular＝通俗

第1條 *abandon* = 拋棄

誤 用

Japanese people often *abandon* something usable.
（日本人經常將還能用的東西丟掉。）

'abandon' 確實是有「拋棄」的意思，但是就像這個字也有另一個釋義「遺棄」一樣，後面的受詞不能隨便亂用，通常是和「丟之前要考慮再三」，或是「內心經過掙扎」、「狠下心」才能捨棄的東西連用。具體來說，像是男性們眼中的愛車，由於使用經年，多少有了感情，可惜因為老舊或是突發狀況，不得不忍痛割愛——

We had to **abandon** the car and walk the rest of the way.
（我們不得不棄車走完剩下的路程。）

或者是「拋棄家人」等非比尋常的情形時，才合適使用。

He said that his parents had **abandoned** him.
（他說他的雙親已遺棄他。）

至於一般可有可無的東西，如果不想要時，只須直接說 'throw away' 就行了。

○ Japanese people often **throw away** something usable.

4

第之條　*be in trouble = 遇上麻煩*

誤　用

"You look *in trouble*. What's the matter?"
（你看來好像遇上麻煩了，怎麼了？）
"Someone stole the bicycle I left on the street."
（我停在路邊的腳踏車被偷了。）

　　辭典上關於 'be in trouble' 的釋義其實是「遭受不幸」，但是為什麼很多人一直認為 'be in trouble' 的譯文是「遇上麻煩」呢？也許是翻譯文章看太多了。

　　「麻煩」可大可小，「不幸」可就沒得商量了。英語的 'be in trouble' 通常用來形容嚴重的事態，像是「事情鬧上警察局了」或是「讓未婚女子懷孕」等等。譯者為求生動，經常捨拗口的「遭受不幸」而就較口語的「遇上麻煩」，也因此造成了學習者使用上的障礙。如果怕自己弄錯，不妨將 'be in trouble' 記成「慘了」，也許可以大大減少誤用的產生。

　　上述例子只是腳踏車被偷，還沒有到遭警方追緝等情節重大的地步，用 'be in trouble' 稍嫌誇張了點。一般說來，腳踏車被偷的心情應該是 'worried'（擔心）或是 'upset'（沮喪）。

○ "You look **worried**. What's the matter?"
　　"Someone stole the bicycle I left on the street."

第3條 *be willing to* = 樂意

I'*m willing to* help you.
（我很樂意幫你。）

翻開辭典，'be willing to ~' 大多譯成「樂意」，但是嚴格說來，這個釋義並不正確。

先來看看 'be willing to ~'，這個片語其實有「被動」的含義，也就是說話者的心態與其說是「積極的」，不如說是「都好，無所謂」。但是，我們平常所說的「樂意」，意思卻是「積極去做某事」。換言之，'be willing to ~' 其實不是「樂意」，上述句子的譯文「我很樂意幫你」最好改成「我願意幫你」。

如果真的是「樂於助人」，這時應該是說 'will/would be happy to do ~'。

○ I'**d be happy to** help you.

be 動詞前面加 'will' 或 'would'，表示是接下來即將發生的動作。其中，用 'would' 又比 'will' 來得客氣、有禮貌。

第4條　*increase* = 增加

誤　用

These days young girls who wear mini skirts are *increasing*.
（最近穿迷你裙的年輕女孩越來越多了。）

'increase' 除了「增加」之外，還有「加大、增強」的意思，所以上述句子語意模稜兩可，也可以解釋成「～年輕女孩加大了（＝變胖了？）」。不過，真正加大的當然不是女孩的身材，而是女孩們的數目，所以這個句子應該改成——

△ These days **the number of** young girls who wear mini skirts is increasing.

但是這個說法其實還是有問題，因為聽起來像是經過統計。說的誇張一點，說話者該不會成天站在街頭盯著年輕妹妹瞧、做記錄吧 ?! 如果只是要敘述一個平日大略的印象，用以下兩個句子會更自然一些——

○ These days **more and more** young girls are wearing mini skirts.
○ **You can see** a lot of girls wearing mini skirts.

誤 用

Golf is now thought of as the destroyer of *nature*.
（高爾夫現在被認為是破壞自然界的兇手。）

　　「破壞自然環境」不能直譯成 'destroy nature'，因為 'nature'
指的是「整個自然界」，也就是我們平常所說的「大自然」，而不
是「局部的自然環境」。

　　如果以 'nature' 的相反詞 'art' 作對照，'art' 是「人工的、經
人類改變過後的狀態」，'nature' 便是「天然的、上帝原創的狀
態」。因此，'destroy nature' 也就成了「把神創造的自然界毀
掉」。如此這般大浩劫，神話裡的「惡魔」或許辦得到，「高爾
夫」？大概沒這個能耐。

　　「破壞自然環境」其實就是「破壞環境」，也就是 'the
destruction of the environment'。只不過，要說高爾夫球「毀壞」
環境似乎也有些言過其實，改成「有害於」也許較適當。

○ Golf is now thought of as something that is harmful to **the
　environment**.

第6條 *pay attention = 注意*

誤 用

We must *pay attention* not to hurt her feelings.
（我們要小心別刺激到她。）

'pay attention to ~' 的確是「注意」沒錯，但意思是 'watch/ listen to ~ carefully'（注意看、注意聽），而不是留心謹慎的意思。換句話說，上述句子如果不去在意文法結構、勉強解釋的話，意思其實是「我們要注意看著她，以免刺激到她」。但是被人一直盯著瞧，不是反倒更不自在嗎？可見這個說法有語病且前後矛盾。

建議學習者在背誦時，不妨在原本的釋義「注意」後頭加上個「看」或「聽」字，下次就不容易再弄錯了。所以上述句子應該改成以下句子才合理——

○ We must **be careful** not to hurt her feelings.

rather than = 毋寧

再商榷

A school used to be a place to play *rather than* to study.
（在以前，學校與其說是個讀書的地方，不如說是個遊玩的
　場所。）

　　「這個句子有錯嗎？」相信這是很多人的疑問，認真一點的
人可能還會在辭典中找到類似的句子。嚴格說來，'rather than' 其
實是「二擇一」、「一褒一貶」，亦即「是～，而不是…」的意
思。如果要肯定「兩者都是，但其中一方的成分較大」時，應該
是說 'not so much... as ～'。

He is **not so much** a teacher **as** a comedian.
（說他是個老師，不如說是個喜劇演員。）

但是這句話如果寫成──

He is a comedian **rather than** a teacher.

語意則變成「他哪裡像個老師，根本是個喜劇演員」，句中「老
師」的身分遭到貶低。然而，學校是個讀書的地方，若硬要說
「學校根本是個玩耍的地方，而非唸書的地方」，似乎有些過頭。
若只是要形容去學校玩的心情大過去學校唸書的心情時，應該是
用 'more ～ than...'。

○ A school used to be **more (of)** a place to play **than** to study.

10

第8條 *take a rest* = 休息一下

誤 用

Why don't you *take a rest* and play golf for a change?
（你為什麼不休息一下去打個高爾夫球呢？）

　　向學校請假休息，很少人會用 'take a rest'，但有趣的是，要形容「透透氣」、「放鬆心情」時，誤用就出現了。

　　'take a rest' 的基本定義是「暫停手邊正在進行的事物，休息一下」，例如爬山爬到一半覺得累了，停下來喝喝水；要不就是許久沒有休假了，找一天在家好好休息。上述句子先是要對方「休息」，然後又建議對方不如去打打高爾夫球，到底是該休息還是該運動，真讓人無所適從。

　　如果說話者的意思是要對方「放鬆心情」去打個高爾夫球，這時應該是用 'take it easy' 或是 'relax'。

○ Why don't you **relax** and play golf for a change?

第9條 *together* = 一起

誤 用

I'll go *together*.
（我也一起去。）

說這句話的人可能不知道為什麼外國人一聽到這句話便捧腹大笑。的確，'together' 是「一起」的意思，但是有個前提，主詞一定要是複數。比如說——

Let's get **together** in front of the station.
（我們在車站前碰面。）

就沒問題。

但是，一開始的例句主詞是 'I'，也就是說，除非這個人會分身術，才有可能在說完這句話的瞬間分身成好幾個人，一起走到目的地再合而為一。這實在是太富想像力了，正確說法應該是
——

○ I'll go **with you**.

第10條　*without doing ~* = 而沒有～

誤　用

He decided to stay home *without* going to the movies.
（他決定待在家裡而不去看電影。）

　　'without ~' 確實是「…而沒有～」的意思，不過前後動作必須「同時進行」。也就是作副詞用法「不～地」。比如說──

He went straight into the room **without** taking his shoes off.
（他沒有脫鞋就直接進到房間去了。）

例句裡的「脫鞋子」和「進房間」就是同時進行的兩個動作。另外──

He reads **without** glasses.
（他看書不戴眼鏡。）
I drink coffee **without** sugar.
（我喝咖啡不加糖。）

句中 'without' 連接的前後兩個條件也都可以並存。
　　一開始的例句「待在家裡」和「去看電影」基本上是兩個互相衝突的動作，所以應該用「二選一」的 'instead of ~'。

○ He decided to stay home **instead of** going to the movies.

第11條 *generous* = 寬大

The older people get, the more *generous* they become.
（人年紀越大會變得越寬大。）

翻開辭典查閱 'generous'，「寬大」兩個字的確端端正正地列於釋義一欄。但若認真說起來，'generous' 的基本定義是經濟方面的「大方」，例如「樂善好施」、「慷慨」等等，相反詞是 'stingy'（小氣的）。

因此，上述句子意思便成了「人越老越慷慨？」這樣奇怪的句子，可見是個誤用。要形容一個人「心胸寬大」時，不如用直譯的 'broad-minded' 或是 'open-minded'。'-minded' 是個複合字，適用範圍廣，是個滿好用的字。

'tolerant' 也有「寬容、容許」的意思，只是語氣稍強了點，近似「容忍、原諒他人的過錯」，僅適用於特殊的情形。

'lenient' 就更不合適了，指的是「在懲罰上寬大、不嚴厲的」。

看來看去，上述句子好像還是用 'broad-minded' 比較恰當。

○ The older people get, the more **broad-minded** they become.

第12條　*put on* = 穿、戴

誤　用

Some people say women shouldn't *put on* jeans.
（有些人認為女人不該穿牛仔褲。）

　　'put on' 是指「穿」這個動作，如果要表示常態下的「穿著」，正確的用法是 'wear'。
　　上述句子 'women shouldn't put on jeans'，意思是「女性不該做穿牛仔褲這個動作」。如果是指責女性不該在公眾場合更衣，那還勉強說得過去，但是說話者顯然是要表現女性不適合穿牛仔褲，這時就必須用 'wear'。

○ Some people say women shouldn't **wear** jeans.

　　另外，如果死記 'have ~ on' = 'wear'，似乎也有些不妥。因為 'have ~ on' 通常是用來強調全身上下某一項裝扮，和 'wear' 還是有些不一樣。

Look! That dog **has** a hat **on**.
（你看！那隻狗戴著帽子。）

That's my father over there. He **has** a red hat **on**.
（那邊那個是我爸爸。他戴著一頂紅色的帽子。）

第13條 *narrow* = 狹窄

誤　用

Our house is *narrow*, so I have to share a room with my brother.

（我們家很狹小，所以我不得不和我弟弟共用一個房間。）

'narrow' 是指「狹窄」，也就是「寬度窄」的意思，和上述句子所要表現的「空間狹小」的定義基本上不同。所謂空間狹小，其實也就是空間小，只要用 'small' 就好了。

○ Our house is **small**, so I have to share a room with my brother.

例句的 'narrow room'，如果以六個榻榻米大的房間來比喻，其形狀大概是下面這個樣子——

這種房間可是很難住人的。

同理，要形容某地「空間寬敞」，也不能用 'narrow' 的相反詞 'wide'。例如到阿拉斯加遊玩時，如果說 "Alaska is so wide."，表示這塊土地的「幅度很寬」。但是除非你能同時看到阿拉斯加的兩邊邊界，否則這句話絕不可能成立。

如果只是自己的主觀印象，覺得面積寬敞時，通常是用 'big'；有根據時才用 'large'。

Alaska is so **big**.（阿拉斯加好寬闊啊！）

第14條　*get on* ＝ 搭乘

誤　用

I *got on* the train from Osaka to Tokyo.
（我從大阪搭火車到東京。）

　　「搭乘交通工具」的動詞通常是 'take'，至於片語 'get on' 及其相反詞 'get off' 指的則是「上車、下車」時的「瞬間動作」。用簡圖說明的話就是——

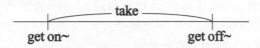

　　因此，上述句子必須改成

○ I **took** the train from Osaka to Tokyo.

　　值得一提的是，'get on' 和 'get off' 只適用於「火車」或「巴士」等不須彎曲身體上下車的交通工具，至於搭「自用轎車」、「計程車」之類，感覺像是進入一個小空間，則必須改用 'get in' 或 'get into'，「下車」則是 'get out of'。

in case S V = 以防萬一

誤 用

You should look words up in the dictionary *in case* you make spelling mistakes.
（你應該要查查辭典，以免拼錯字了。）

'~ in case S V' 的意思是「在 S V 發生的時候，～可以派上用場」。如果照這個解釋，上述句子也就是「在你拼錯字的時候，應該要查辭典」。但是這句話其實有語病，因為怎麼要到了拼錯字才來查辭典呢？說話者不就是要「以防萬一」，不想拼錯字，才要查辭典的嗎？所以應該是說──

○ You should look words up in the dictionary **so as not to** make spelling mistakes.

至於 'in case S V' 的用法則是──

I'll boil plenty of potatoes **just in case** they decide to stay for dinner.（我會多煮些馬鈴薯，到時他們如果決定留下來吃晚飯，也好有個準備。）

這句話的意思是「萬一他們決定留下來吃晚飯，到時候食物如果不夠就糟了，所以我會多煮一些馬鈴薯」，完全符合 '~ in case S V'「為～預作準備」的含義。

第16條 *take after* = 像

誤 用

The twins *take after* each other, so I can't tell which is which.

（這對雙胞胎長得真像，我都分不出誰是誰了。）

　　如果我沒記錯的話，學校裡的英文考試在測驗同義字時經常有 'take after ~' = 'resemble ~' 這一題，而這恐怕就是上述錯誤句會出現的原因。

　　首先，'take after ~' 只用於「小孩 + take after + 父母」，也就是僅限於直系血親之間的相像，所以類似上述「雙胞胎」的手足關係，其實並不合適。其次，'take after ~' 多半是形容「性格」方面的相像。

　　'resemble ~' 這個字略嫌文謅謅，雖然適用於「性格」和「容貌」雙方面，但較偏重在「容貌」方面的相像，用來描述「性格」時，必須採用 'resemble ~ in character' 的形式。

　　不過，一般人在提到「相像」時最常想到的還是 'be like ~' 或是 'look like ~'。前者泛指所有形式的相像，後者則專指外貌長相神似。至於一開始的句子，由於主詞是兩個外貌神似的雙方，因此必須用 'alike'。

○ The twins **look** so much **alike** that I can't tell which is which.

第17條 *take place* = 發生

誤 用

If a big earthquake *take place*, what would you do?
（如果發生了大地震，你會怎麼辦？）

「發生地震」的英譯並沒有一個固定的說法，就連外國人之間都意見分歧。原因之一可能是歐美發生地震的頻率沒有我國高，所以沒有形成一個標準的說法。但是話說回來，死記 'take place' 的釋義為「發生」，基本上就不值得鼓勵。因為 'take place' 的定義是「發生計畫好的事情」，相當於 'be held'，也就是「舉行」的意思，主詞通常是 'wedding'（婚禮）、'meeting'（會議），或是 'athletic meet'（運動會）等具有計畫性的事物。例如：

The Olympic Games **take place** every four years.
（奧運每四年舉辦一次。）

至於 'happen'（偶然發生），感覺上好像和 'earthquake' 很「速配」，不過反對這個說法的人也不少。

'hit' 與 'strike' 是比較常用來形容天災的動詞，不過真正在實際應用中，最簡單也最常見的其實是 'there is'。

○ If **there is** a big earthquake, what would you do?

第18條 *give up doing ~ = 放棄*

誤 用

My girlfriend was ill, so I *gave up going* to the movies.
（我的女朋友生病了，所以我不去看電影了。）

'give up doing ~' 經常被譯作「放棄」，但若深入研究，你會發現這裡指的是永久放棄，也就是「從此戒除」的意思。例如 'give up smoking'，意思是「我再也不吸煙了！」。

It has already been ten years since I **gave up smoking**.
（我戒煙至今已經十年了。）

也就是說，上述句子 'give up going to the movies'「我從此再也不看電影」？在邏輯上說不過去。

但這中間有個折衷的辦法，對英文下過苦功的人可能對 'give up' 後面接 'the idea' 並不陌生。正如字面上的意思一樣，'give up the idea of doing ~' 是指「放棄～的主意」，引申就是「打消做～的念頭」的意思。

○ My girlfriend was ill, so I **gave up the idea of going** to the movies.

第19條　*out of order = 故障*

誤　用

My watch is *out of order*.
（我的錶壞了。）

一提到「故障」，許多人腦海中第一個閃過的通常是 'out of order'，但卻鮮少有人知道這個片語主要是用於 'elevator'（電梯）、'public phone'（公共電話）、'vending machine'（自動販賣機）等公共設施。例如電梯故障時，門上通常會貼著一張告示，上頭寫著 'out of order' 昭告大眾。但是，試想你會在自己的手錶上掛個「故障中」的牌子到處走嗎？當然不會！要形容東西「故障了、壞了、不太正常」，其實有許多句型可以用，下面這些都是你可以參考的。

① **Something is the matter with** my watch.
② **Something is wrong with** my watch.

或加上 'there is'——

③ **There is something the matter with** my watch.
④ **There is something wrong with** my watch.

當然，你也可以用代表「失去功用」語意的 'work'。

⑤ My watch **isn't working** properly.

第20條　*habit* = 習慣

> **誤　用**
>
> In the West it is a *habit* to shake hands when people are introduced.
> （在西方，人們在被介紹彼此認識時，有握手的習慣。）

基本上，'habit' 的意思是「無意識間流露的個人習性」，上述句子講述的是西洋人的一般習慣，所以不能用 'habit'。'habit' 的正確用法是——

Once you've got into a bad **habit**, you'll find it hard to get out of.（一旦你染上惡習，你會發現那將很難改掉。）

「染上～習慣」的英語除了 'get into a habit' 之外，還有 'acquire a habit'、'form a habit' 以及 'fall into a habit'。'form a habit' 是指「養成好習慣」，'fall into a habit' 是指「染上壞習慣」，至於 'get into a habit' 則是好壞習慣皆可使用，相反詞是 'get out of a habit'（改掉習慣）。

「眾人的習慣」也就是「習俗」，英語是用 'custom'，筆者在此用的是 'custom' 的形容詞 'customary'，以及另一個常見的副詞 'usually' 來造句。

○ In the West **it is customary** to shake hands when people are introduced.

○ People in the West **usually** shake hands when they are introduced.

第21條 *attend = 參加*

再商榷

Seven children *attended* my five-year-old daughter's birthday party.

（有七個小孩來參加我五歲女兒的生日會。）

　　嚴格說來，'attend' 是個比較正式的用語，也就是「出席」的意思。不像「參加」適用於各種場合，「出席」這個字給人的感覺比較嚴肅，一般用於須著正式服裝出席的場合，例如 'meeting'、'funeral' 等。

Thousands of people **attended the funeral**.

（數千人參加了這場葬禮。）

　　開頭的句子在文法上來說雖然不算錯誤，但是確實不自然，因為生日會的氣氛通常是愉悅、不須「正襟危坐」的。

　　這時口語中最常見的是用 'come to' 來代替 'attend'。

○ Seven children **came to** my five-year-old daughter's birthday party.

第22條 *dish* = 菜餚、食品

誤 用

A well-balanced *dish* is indispensable to our health.
（均衡的飲食對於健康是絕對必要的。）

'dish' 之所以可以解釋為「菜餚」，主要是由基本定義「碟子之類的餐盤」聯想到「盛在盤子中的菜」而來。許多學習者經常分不清何時可以使用，以為只要意思沾上一點邊就可以，才會出現上述令人啼笑皆非的句子「均衡的餐盤對於健康是絕對必要的」。

其實，當我們由健康觀點來談論餐點時，通常是用 'diet'。

○ A well-balanced **diet** is indispensable to our health.

那麼，什麼時候才可以用 'dish' 呢？最保險的用法是「國名形容詞 + dish」。

Sushi is **a Japanese traditional dish**.
（壽司是日本的傳統食物。）

不過，這時也可以用 'Japanese traditional food' 來代替。另一個同義字 'meal' 也是大家經常聯想到的，意思是「正餐」，即早餐、午餐或晚餐。另外，廣義的「飲食」也可以用 'what one eats' 來形容。

Mr. Lee is particular about **what he eats**.
（李先生對吃很講究。）

誤 用

These curtains don't *fit* the carpet.
（這條窗簾和這條地毯不相配。）

談到美感上協不協調的「搭配」時，沒有人會用 'fit'，因為 'fit' 指的是物理性的「尺寸、大小合不合適」。例如：

These shoes don't **fit** me.

如果要形容「（兩件東西彼此）顏色或款式設計合適」，其實可以考慮採用 'match' 或是 'go (well) with'。

○ These curtains don't **match** the carpet.
○ These curtains don't **go well with** the carpet.

其中，'match' 只適用於「窗簾與地毯」、「領帶與襯衫」等成對的事物上，但是 'go (well) with ~' 則沒有限制。

Barbecue **goes well with** beer.

第24條　*popular = 通俗*

誤　用

Smith is a very *popular* name in the US.
（在美國，史密斯是個很通俗的名字。）

　　'popular' 這個字經常以 'popular music'（流行樂、通俗音樂）的形式出現，因此一看到譯文「通俗」，許多人的第一個反應就是 'popular'。以字源來說，'popul-' 在拉丁文中是「民眾」的意思，和 'people' 屬於同一個字源，也就是說，'popular' 所指的「通俗的」，其實是「民眾的、一般社會大眾的」，而不是上述譯文所要求的「一般常見的」。

　　那麼，如果將上述句子解釋成「～史密斯是個（大家很喜歡取的）熱門的名字」，可以嗎？答案還是不行！這個字在使用時有個前提——只能用於有自主權的事物上。上述句子錯在姓氏「史密斯」並非自己的選擇，而是曾祖父、祖父、爸爸、自己……這麼一脈相承。但是名字就另當別論了，站在父母親的立場，當然有權決定為孩子取什麼名字。例如：

John is **a very popular name** in the US.
（在美國，約翰是個大家喜歡取的名字。）

便可以成立。至於一開頭的句子，則要改成 'common'。

　〇 Smith is **a very common name** in the US.

Unit2

只知其一不知其二

第25條 *learn = 學習*

誤 用

My father will surely be surprised to *know* that I appeared in a porno video.
（我爸若是知道我拍了色情錄影帶，一定會大吃一驚。）

嚴格說來，'know' 應該是「已知的狀態」，例如 "I know you."（我認得你），指的是原先就知道的事。上述句子則是當時不知道，但一旦「得知」時會如何如何，所以不適合用 'know'。「得知」這個字的英語可以用 'learn' 或 'find out'。

○ My father will surely be surprised to **learn/find out** that I appeared in a porno video.

'learn'不是「學習」嗎，怎麼會和「知道」扯上邊？——這想必是許多人心中的疑惑。其實，「得知」和「學習」都是汲取資訊，只不過前者獲得的是消息，而後者獲得的是知識罷了。

附帶一提，許多人經常弄不清 'find out' 和 'find' 有何分別，答案是後者僅限於說話者本身的體驗。例如 "I **found** this book easy."（我發覺這本書很簡單。）相對之下，'find out' 則是「藉由調查或情報得知」，情報的來源可以是他人，不必非得是自己的發現、察覺。

第26條　*agree to* + 意見

「agree with + 人」、「agree to + 意見」似乎是大多數人的共同學習經驗，但這是值得再商榷的。當對象是「人」時，的確是用 'agree with' 沒錯，但是「意見」就未必用 'to' 了，例如 'opinion' 這個字，通常是搭配 'with' 這個介系詞。

① I agree **with** you.

② I agree **with** your opinion.

「我贊同你」其實就是「我贊成你的意見」。以下試將 'agree with ~'、'agree to ~' 的受詞整理如下：

'agree with' － opinion, idea, view, belief, attitude

'agree to'──suggestion, proposal, plan, policy

發現了沒，上下列的差別在於上排都是關於概念、思緒方面的字眼，而下排則是可以附諸行動，具體成形的提案。當然，偶爾還是有些例外，在此提供各位一個記誦的方法：'agree with ~' 是「接受、贊成～」；而 'to' 由於帶有動作／方向性，所以 'agree to ~' 是「遵從～、付諸行動」。例如：

I quite **agree with your proposal**, but I am in no position to **agree to it**.

（我十分贊同你的提案，但實在沒有立場承諾它。）

第27條 *far from* = 一點也不

再商榷

He is *far from* a teacher.
（他才不是老師呢！）

'far from (being) ~' 裡的 'being' 時常省略，但如果後面接的是名詞，最好不要省略，以免被誤解成空間相對關係，例如上述句子就成了「他離一名老師很遠」的奇怪句子。

○ He is **far from being a teacher**.

不過，如果是接形容詞，則 'being' 可以省略。

Your answer is **far from (being) satisfactory**.
（你的答案一點也不令人滿意。）

其他和 'far from (being) ~' 相似的句型還有 'anything but ~'。例如：

He is *anything but* a teacher.

這句話的字面解釋是「他可以是任何職業的人 (anything)，除了 (but) 教師以外」，言下之意就是「他才不可能是個老師呢！」。

不過，不管是 'far from ~' 還是 'anything but ~'，基本上都不是口語用法，一般會話中最常出現的其實是 'No way'，而且後接倒裝句型。

○ **No way is he** a teacher!

第28條 *It's fine.* = 天氣好

再商榷

If *it is fine* tomorrow, how about going on a picnic?
（明天天氣如果不錯，我們去野餐好不好？）

　　如果不解釋，多數的老美可能認為這句話的意思是「如果明天那件事沒問題的話，～」。你一定會覺得奇怪，'it' 明明就是指「天氣」，而且 'fine' 也有「晴朗」的含義啊。沒錯，但是使用時是需要有條件配合的。

　　以 'it' 來說，在作「天氣」使用時，後頭必須接類似 'rain' 或是 'snow' 等形容天氣的單字（例如 'if it rains tomorrow, ～'），不然至少也要像下面的例句一樣有前文的提示。

It was raining this morning, but **it turned out to be nice and clear** in the afternoon.

（今天早上還在下雨，但是下午就轉晴了。）

從前半句關於「下雨」的描述，可以確定後半句的 'it' 指的是「天氣」。

　　至於 'fine' 這個字，辭典上雖然解釋為「形容天氣晴朗」，但是這個說法基本上已經過時，現在大多是用 'nice'、'sunny' 或是 'lovely'。

○ If **the weather is nice** tomorrow, how about going on a picnic?

○ If **we have a sunny day** tomorrow, how about going on a picnic?

第29條 *sit up* = 熬夜

再商榷

We *sat up* all night drinking.
（我們徹夜飲酒。）

關於「熬夜」的片語，最常被提到的就是 'sit up' 和 'stay up'。

首先是 'sit up'，由於受限於 'sit'（坐）的語意，使用起來並不是那麼隨心所欲。仔細想起來，'sit' 其實帶有「忍耐」的含義。比方說，人們命令狗 "Sit!"，狗兒就得配合主人乖乖地坐好。再不然，讀者也可以試著回想自己在當學生時，整天坐在教室裡連續上好幾堂課時的「感覺」，相信大概只有「煎熬」兩字可比擬。'sit' 再加上 'up'，意思變成了「坐直」，所以即使同樣是表示「熬夜」，'sit up' 多半是用在「等待～」的情形。例如：

He **sat up** waiting for his daughter to get home.

比較起來，'stay up' 的應用範圍就廣多了，尤其是 '**stay up doing ～**' 這個句型出現的頻率更是高，讀者不妨把它當成一個固定句型。

○ We **stayed up** all night drinking.

What's the matter with you?

再商榷

What's the matter with you? You look pale.
（你怎麼了？臉色看來好蒼白。）

　　看到別人身體不適時，人們習慣用 "What's the matter?"、"What's wrong?" 上前詢問，這是對英語稍有常識的人都知道的「名句」。不過，奇怪的是，許多人喜歡在句尾加上 'with you'，這真是個不好的習慣。怎麼說呢？

　　"What's the matter with you?" 多半用於說話者指責對方，'with you' 的部分有時還會加重語氣，意思是「你在做什麼！」「認真點！」如果單純只是想表達自己的關心，實在無須添加這類可能引起誤會的字彙，尤其是書面文字無法顯現音調，更應該避免。

○ **What's the matter?**

　　如果想再謹慎一點，考慮到有時說話太過直接也不好，所以第二句的 "You look pale." 也不宜採納，除非是交情很熟的人，否則最好改成——

○ **You don't look well.**

第31條 *come across = 偶遇*

再商榷

I *came across* an old friend on my way to work.
（我在上班途中巧遇一位老友。）

'come across' 這個字在辭典上的解釋是「偶然發現、遇見」，多數的人可能直覺認為這個片語除了可以接「物」之外，也可以接「人」，卻多半不知道 'come across' 主要是與「物品」作搭配。例如：

I came across the old photos while I was cleaning the room.
（我在打掃房間時，意外找到這些老相片。）

換言之，如果用在「人」身上，便意味著將人當成了「物品」。如果不相信，可以去翻閱一些較大本的英英辭典，裡頭的例句十句有九句不是接「無生物」就是接「動物」，幾乎看不到與「人」作搭配的例子。可見雖然沒有明文規定，但是一般人的習慣 'come across' 就是應該接「物」。

如果要描述與人「邂逅」，可以用 'run into ~' 或是 'bump into ~'。

○ I **ran into** an old friend on my way to work.

所以，最保險的用法就是——

come across 物
run into, bump into 人

第32條 *become* = 適合

Blue shirts *become* you.
（藍色的襯衫很適合你。）

「（服裝等）適合～」的表現方法有很多種，其中最不建議學習者模仿的就是 'become'，因為現代的用法早已不這麼說，最常見的其實是——

① Blue shirts **look good on** you.
② **You look good in** blue shirts.

①是「服裝 + look good on + 人」，②是「人 + look good in + 服裝」。不過這並非不變的準則，例如第二句就不能說成——

He looks good in green ties.
（他很適合綠色的領帶。）

'in' 意味著「在～之中」，但是你總不能說他整個人都鑽到領帶裡去吧！這種說法好像是把人當成了昆蟲。套用句型時，必須注意後頭接的是服裝還是配件。像這時就應該說——

Green ties look good on him.

或是參考 'suit' 的用法。

Green ties **suit** him well.

Unit3

超級比一比

even if = even though?

範 例

① You should visit Tokyo *even if* it is expensive.
（即使不便宜，你也該去東京看看。）
② You should visit Tokyo *even though* it is expensive.
（縱然不便宜，你也該去東京看看。）

「even if = even though 即使，縱使」——這是辭典上的一貫說法，但是，兩者真的完全相等嗎？那得要看 'if' 等不等於 'though'。

'if' 的可能性是 50%，也就是說話者本身並不確定實際的狀況如何。句①含的意思是「我不知道去東京一趟的花費貴不貴，但即使不便宜，你也該去看看」。

相對地，'even though ~' 則是 'though ~' 的強調用法。'though' 的意思是「雖然~」，後面接的是真正條件子句，也就是一項前提。因此，句②的解釋應該是「你應該要去東京看看，雖然去一趟的花費並不便宜」。

現在，明白了嗎？

第34條　*問題*

範　例

① His new book is about England's economic *problems*.

（他的新書是在探討英國的經濟問題。）

② His new book is better than his first on the *subject*.

（他的新書比他第一本關於這方面問題的書好多了。）

③ Let's talk about the *matter* over a beer or two.

（讓我們邊喝啤酒邊聊這個問題。）

　　英語裡有許多單字可以譯成「問題」，其中出現頻率不僅高，又經常弄混的，就屬 'problem'、'subject'、'matter' 這三個字了。

　　首先是 **'problem'**，一如它有時也解釋作「難題」一樣，這個字代表的是必須解決、不折不扣的「問題」。就像句①的「經濟問題」，代表的正是個非解決不可的問題。

　　'subject' 的基本定義是「主題」，「問題」只是從中延伸出來的一個說法。仔細想想，上述例句「關於這方面問題的書」，不就是「關於這個議題的書」嗎？

　　至於 **'matter'**，基本定義指的是「事情」、「事件」，句③「邊喝啤酒邊聊這個問題」，其實也就是「邊喝啤酒邊聊聊這件事」。

第35條　*mind = heart?*

　　'mind' 是「心、精神」；'heart' 是「心、胸懷」——雖然都是「心」，但是嚴格說來，前者是指腦部的活動，後者則是心境上的變化。

　　在英語的世界裡，以頸部為界，以上的部分稱作 'head'，掌管 'think' 和 'reason'（推理），人們稱呼這些活動為 'mind'；頸部以下則是由 'heart' 支配，負責 'feel' 等感性、感官的活動。說得再簡單一點，'mind' 指的是「心靈、心智」，即「知性」的世界；而 'heart' 則是人的感性，諸如「心腸、情感」等等情緒。

　　因此，上述句子在英語圈的人看來，壓根兒聯想不到譯文「他有顆純真的心」，反而可能解讀成「他有份純正的心智」而弄得一頭霧水，正確的說法應該是 'heart'。

○ He has a pure **heart**.

第36條　「看」之一

誤　用

I was so embarrassed that I couldn't *see* anyone in the room.
（我覺得好糗，不敢抬頭看屋裡的人。）

'see'、'watch'、'look at' 都是「看」的意思，但是各有不同用法。

'see' 是指「張開眼自然就看得到」，照這樣子解釋，上述句子 'I couldn't see'「我張開眼睛但什麼都看不到」，也就是「我看不到」的意思。說話者若不是視力有問題，就是個超級大近視。

類似這種要形容將目光朝向哪裡，英語是用 'look at'。

○ I was so embarrassed that I couldn't **look at** anyone in the room.

那麼，為什麼「看電視」是 'watch TV'，而「看電影」卻是 'see a movie' 呢？這個問題問得好。其實也有 'watch a movie' 的說法，只不過意思偏重在「仔細留意看電影的內容」，例如：

Were you **watching** the movie?
（你有仔細在看這部電影嗎？）

電影院是一個刻意營造出來的環境，在陰暗的空間裡，人們一抬眼就看到一個大銀幕，觀眾也是抱著輕鬆的心情進電影院，所以一般用 'see a movie'。相較之下，看電視的空間就很不一定了，一旁可能有其他人的干擾，再加上電視畫面又比電影小，一不注意很容易就漏看了，所以「看電視」習慣用 'watch'（注視）。

誤 用

I like *watching* pictures.
（我喜歡看畫。）

'watch' 和 'look at' 都是「注視」的意思，但是基本定義有些不同。例如 'watch' 指的是「留意眼前的變化」，對象物通常為「動態物」，類似上述句子中的 'pictures'（畫作）等靜態事物則適合用 'loot at'。

○ I like **looking at** pictures.

「動態物」並不限定是物理上正在動作的東西，其他包括狀況的變化以及物體的動向，也都是 'watch' 的管轄範圍，例如：

I **watched** a baseball game last night.
（我昨晚去看了場棒球賽。）
Watch my bag.
（看好我的袋子！）

後者的意思是監視袋子的動向，小心不要被偷了。我們常見的慣用句 **"Watch out!"**、**"Watch your step!"** 等表示「注意看」的用法，便是從這個定義衍生而來。

第38條　*if 子句 = when 子句?*

範　例

If he comes, please give this letter to him.
（如果他來了，把這封信交給他。）
When he comes, please give this letter to him.
（他來了之後，把這封信交給他。）

　　光看譯文，不夠細心的人可能還察覺不出這兩句有什麼不同。'if' 的定義基本上是 50%，換句話說，句①'if he comes'（他如果來了），言下之意是「他可能會來，但是也不一定」，用個比較誇張但傳神的譯法就是「萬一他來了～」。

　　至於 when 子句則是個前提，'when he comes' 的意思是「當他來的時候」，言下之意是說話者認定對方會來，也就是「等他來了之後～」的意思。

　　現在，你熟悉 'if' 的用法了嗎？

第39條 *before = ago?*

誤 用

I got to the hotel five minutes *before*.
（我在五分鐘之前到達旅館。）

關於 'before' 和 'ago' 的區別，最常見的背誦方法是「'ago' 用過去式；'before' 用過去完成式」。這句話雖然沒錯，但實在過於簡略，我覺得還要再補上一句：「英語不會以 'before' 結尾，通常後頭都會跟著名詞或是 SV」。例如：

He (had) moved **two years before the war broke out**.
（他在開戰前兩年就搬走了。）

'before' 後面加上了「開戰前」的字眼。當然，用心的讀者一定會反駁「但是我常常看到以 'before' 結尾的句子呀！」不過，那通常是文意已經十分清楚，後頭省略了的緣故。

文法書上所說的「'before' 用過去完成式」，就是因為 'before' 是以後頭連接的條件為時間的基準點，而 'ago' 則是以說話當時為基準點，所以只須用過去簡單式。

○ I got to the hotel five minutes **ago**.

附帶一提，如果要表現自己比預定的時間早到，可以用 'early' 表現。

I got to the hotel five minutes **early**.

第40條 ～之後

誤 用

We moved to Tokyo *after* two years of the war.
（我們在戰爭過了兩年後搬到東京。）

　　一講到「～之後」，多數人的第一個反應通常是 'after'，也因此鬧了不少笑話，例如上述句子就是許多學生常犯的錯誤。「～過了兩年後」的英語應該是 'two years after ~'，而不是 'after two years ~'。

○ We moved to Tokyo **two years after the war**.

這裡可以把 'two years after the war' 整個看作一個副詞，修飾前面的句子。

　　除了 'after' 之外，'in' 及 'later' 也可以表示「～之後」。

① in ～ = 從現在算起，～之後

My father will be back **in** three months.
（我父親會在三個月後回來。）

② ～ later = 由當時算起，～之後

They got married in 1990. Two years **later**, they had a baby.
（他們在 1990 年結婚。兩年後，生了一個小孩。）

範 例

① I don't know *how to drive*.
（我不會開車。）
② I don't like *the way* he drives.
（我不欣賞他開車的樣子。）
③ Greetings are *our way of breaking* the ice.
（寒喧是我們緩和氣氛的方式。）
④ Flying is *the fastest way to get* to Okinawa from here.
（從這裡到沖繩，坐飛機是最快的方法。）

　　廣義的「方法」，在英語中有上述用法。先來看第二句，'the way S V' 指的是 'S' 所表現出的動作，例如邊講電話邊開車，或是單手駕駛等等，一般譯成「樣子」、「態度」。

　　第三句的 'one's way of doing ~' 和第四句的 'the way to do ~' 譯文看似相像，但在英語中是有差別的。前者指的是做事的方法，即行事風格；後者指的則是手段，也就是我們一般所說的「途徑」。

　　句①的 'how to do ~'，意思是「如何做～」，也就是「做～的技術、方法」。有些人一遇到「我不會～」之類的造句題，總習慣以「我不知道～的方法」的模式去造句，但其實在指能力時，一般是用 'how'。

第42條 衣 服

再商榷

Don't judge other people by their *dress*.
（不要以衣著來評斷一個人。）

關於「衣服」的單字不少，在此略做個整理。

首先是 'dress'，辭典上說這個字作可數名詞時是「洋裝」的意思，作不可數名詞時則泛指「服裝」。不過，也許是 'dress' =「洋裝」的印象太過鮮明，這個字在日常會話中很少人會去用到不可數的定義。換言之，類似上述句子的用法最好避免。

另一個單字是 'suit'，指的是「套裝」，並無泛指服裝的用法。

'clothes'、'cloth' 和 'clothing' 則是三個經常令人弄混的同義字，但如果仔細區分，'cloth' 指的是「布料」，這點較少人弄錯；'clothing' 指的是「服飾」，通常作集合名詞，涵蓋範圍比 'clothes'（服裝）來得廣，例如：

Traditional Japanese **clothing** is expensive.

因此，一開頭的句子如果改成下列用法可能較好。

○ Don't judge other people by their **clothes**.
○ Don't judge other people by **what they wear**.

第43條 *at midnight*

My father came home *at midnight.*
（我爸到半夜才回家。）

　　一看到「在半夜、在深夜」，許多人立刻不假思索提筆便寫 'at midnight'，卻不知道這句話其實有語病，因為 'at' 代表的是「時間點」，除非你想表達的是「在午夜十二點的那一刻」，也就是「瞬間」，比如說灰姑娘的故事——

Her coach turned into a pumpkin **at midnight**.

否則一般情況並不合適。

　　要避免類似的情況再犯，最好的方式就是捨棄 'at midnight' =「在午夜」的記誦方式，改以「在午夜十二點」代替。至於我們平常掛在口頭上的「深更半夜」，正確說法應該是 'in the middle of the night'。'in' 的基本定義含有「範圍」的意思，可以代表一段時間。

○ My father came home **in the middle of the night**.

第44條　旅　行

誤　用

How was your *travel* to Hawaii?
（你的夏威夷之行如何？）

　　「旅行」的相關單字不少，許多學習用書都曾經提過，筆者在此亦想提供一些私人「撇步」供學習者參考。

　　首先要請各位記住一項大原則：‘travel’ 作動詞，‘trip’ 作名詞；「具體的旅行」用 ‘trip’，「旅行的通稱」用 ‘traveling’──如此便可大大減少出錯的機率。根據以上原則，上述句子有行為者（你），也有旅行地點（夏威夷），所以是「具體的旅行」，最好用 ‘trip’。

○ How was your **trip** to Hawaii?

　　「去旅行」的說法有 ‘take a trip’ 或是 ‘make a trip’。‘take ~’ 主要用於觀光旅行，‘make ~’ 則是商務旅行的說法。另外還有 ‘go on a trip’（出門旅行），強調「出門、上路」，而且通常是為了辦正事或學習的目的遠行。

　　「旅行」的泛稱是 ‘traveling’──

I love **traveling**.
（我愛好旅行。）

不過，一定有許多人質疑「‘travel’ 不是也有名詞用法嗎」？沒錯！不過這個解釋起來有點複雜。首先，‘travel’ 單獨使用時是作「旅行的行為」解釋。

Travel in the past had more difficulties than you might image.
（旅行在古時候所遭遇的困難，超過你能想像。）

第二個用法是像 'space travel'（太空旅行）一樣，和其它字結合作為詞組。

The day will surely come when **space travel** becomes a reality.
（太空旅行的時代一定會到來。）

這時也可以換成動詞 'travel in space'。

The day will surely come when we can **travel in space**.

除此之外，'tour' 及 'journey' 也是值得一提的同義字。'tour' 指的是「環遊」，基本上是環遊一周後又回到出發點，例如環島旅行便是 'make a tour of the island'，而旅行社排好日程的「團體旅行」叫做 'group tour'，但是「加入旅行團」則要用 'travel'——'travel in group'。

'journey' 的原本含義是「一天 (jour)」，現在反而成了「長期且艱辛的旅程」，例如三藏取經或是「讀萬卷書行萬里路」這類的試煉，和 'trip' 指的是短期的小旅行正好相反。

Unit4

用英語思考

第45條 *I'm going.*

A：Dinner's ready.（吃飯囉！）
B：I'm *going.*（我馬上去！）

　　'go' 是「去」，'come' 是「來」，這點相信大家都沒有異議，問題是使用的時機。英語圈對於何時用 'go' 何時用 'come'，有他們自己的一套思維模式。

　　首先，'go' 指的是「離開對話的現場」，'come' 則是「朝對方的方向前進」。就拿上述對話來說，A 喊「吃飯了」，照道理接下來應該會在餐桌旁等 B 出現；同理，B 也應該意識到 A 正在等他，而朝其方向前進。也就是說，正確說法應該是 "I'm coming."，上述例子的 "I'm going."，意思變成「我要走了」？讓聽的人摸不清頭緒。

　　再舉一個例子，如果有個溺水的人正在大喊 "Help!"，前去救援的人此時應該說 "I'm coming."，表示「我馬上去救你！」，因為是朝對方的方向前進。相反地，若是告訴他 "I'm going."，表示你要棄他於不顧，相信溺水的人沒有淹死也會先被嚇死。

第46條 交通繁忙

誤 用

The traffic is always *busy* on this street.
（這條街向來交通繁忙。）

　　「交通」是 'traffic'，「繁忙」是 'busy'，所以合起來「交通繁忙」就是 'the traffic is busy'，這是許多人經常犯的錯誤。在解釋之前，我們先來看看下面這兩個句子。

(1) **The traffic is** always **heavy** on this street.
(2) **The street is** always **busy**.

　　第一句是指車「流量大」，第二句則是說這條街「熱鬧」。'traffic' 的特徵其實是「流動」，這點從它另外還有「貿易、買賣」等釋義（都帶有「流通」的語感）來看，可以得到印證。「流量」的程度只能用「大」'heavy' 或「小」'little' 來形容，用 'busy' 來形容流量很「忙碌」，並不符合外國人的思維，所以說 'the traffic is busy' 不成立。

再商榷

He decided to do his homework *at home.*
（他決定在家裡寫功課。）

　　這是犯了直譯的毛病，「在家裡寫功課」= 'do one's homework at home'。嚴格說來，這個句子並沒有錯，但是不可否認確實有些不自然。

　　問題出在副詞片語的位置。'at home' 放在句尾，帶有強調的意味，表示這一項是新訊息（請參見文法篇第 58 條）。換句話說，這句話的意思深層是「他決定在家，而不是在公園或電影院等其他的地方寫功課」？一般的人大概不會這麼拐彎抹角說話吧，尤其「在家」寫功課也沒什麼好強調的。同樣一句話在外國人說來可能就變成了——

○ He decided to **stay home** and do his homework.

　　關於「副詞片語」的位置如何擺放的問題，平常人大多不去在意，其實這常是造成句子不自然的原因，必須多加留意才是。

第48條 *"When SV, SV."*

範 例

① When I was walking in the park, someone tapped me on the shoulder.

② I was walking in the park when someone tapped me on the shoulder.

（我在公園裡散步時，突然有人拍我的肩膀。）

這個句子如果要學生來翻釋，十之八九都是寫成①的句型，但是老外卻多半選擇句②。現在問題來了，句①句②有何不同呢？答案是句②較具「意外性」。

根據英語的思考模式，類似句①這類將 'when' 置於句首的句子，後頭一定跟著下文，因為就語句結構來說，'when S V ~, S V...' 是個鐵律。

但是，句②就不同了。至少到 'S was doing ~' 的部分為止，後頭會怎麼進展還沒有軌跡可循，讀者一直要等到 'when' 出現時，才意識到接下來發生的事情。

換句話說，如果以寫小說來作比喻，句②的寫法比較吸引人。

使用 '~ when S V...' 這個句型時，必須要注意前半句通常是「過去進行式」，而後半句則是打斷前半句動作的行為。

英語大考驗
文法篇

Unit1

時　態

範 例

① He *writes* novels.
（他是個小說家。）
② He *is writing* a novel.
（他正在寫一本小說。）

問起句①和句②有何不同，大多數人的回答想必是：句①是現在式，直譯是「他寫小說」；句②是現在進行式，直譯是「他正在寫小說」。沒錯，但是現在式真的都是在描述現在的事實嗎？別的不說，句①的「他寫小說」究竟是什麼含義？

仔細整理句子後，你會發現現在式描述的其實不是「目前／現在」這個單獨的時間點，而是「不受時間限制，與時間無關」的事，例如「恆常的真理、反覆發生的事物」。因此，就算要以時間定義，也該是「恆常式」。如果覺得這個說法太過武斷（例如 be 動詞和 'have' 有時便非如此），加個但書，改成「半恆常式」也比定義不明的「現在式」來得好。

句①「他寫小說」是「他恆常在寫小說」，一個恆常在寫小說的人當然是個小說家。換句話說，句①的意思就是「他（的職業）是小說家」。

再舉一個例子——

③ What *do you do*?
（你〔的職業〕是做什麼的？）
④ What *are you doing* now?
（你在做什麼？）

句③如果從現在式的觀點出發，很難讓人聯想到是在詢問「職

業」，但如果從「恆常」的角度推理→「你一直是在做什麼的？」
→「你的職業是什麼？」，那就一點也不困難了。尤其文法書中
不也提到，現在式有「不變的真理」以及「習慣」的用法嗎──

⑤ She goes to church on Sundays.
（她每逢星期天都會上教堂。）＜習慣＞
⑥ The earth goes around the sun.
（地球繞著太陽轉。）＜不變的真理＞

句⑤的意思是「她恆常於每週日上教堂」，所以是習慣，亦即
「反覆發生的事」。句⑥就不用說了，至少在地球毀滅之前都會是
個「真理」。

　　總而言之，現在式其實是敘述「不受時間限制的恆常性事
物」，其中包括了「真理」以及「習慣」，與「現在」這個時點並
無直接關係，應該改名為「半恆常式」才合理。

範 例

She usually wears red, but today she *is wearing* white.
（她平常總是穿紅的，今天倒穿了白色的。）

在討論現在進行式之前，我們先來想想 '-ing' 這個形式的特徵。'-ing' 是進行式、現在分詞，以及動名詞，其特徵是「動態的」，就像個轉個不停的 CD 唱盤。

如果說現在式是「安定狀態」，那麼 '-ing' 便是「不安定狀態」。

以上述句子為例，前半句的 'wear'（現在式）是「安定狀態」，指的是「平常」時的情形；後半句的 'is wearing'（現在進行式）是「不安定的狀態」，指的是「非日常」的情形。按照這個邏輯來看，以下這兩個句子——

① You are kind.
（你〔一直都〕好親切。）
② You are being kind today.
（你今天好親切。）

句①形容的特質是「平常就有的」，所以用「現在式」；句②則是某一天才特別親切，屬於「非日常」性事物，所以用「進行式」。

「動作動詞可以用進行式，但是狀態動詞通常不行」——這是文法書上關於「進行式」的看法。其實，與其去記該動詞是動作動詞還是狀態動詞，不如牢記「安定／日常」用「現在式」，「不安定／非日常」用「進行式」，或許比較不容易出錯。例如：

③ This picture is belonging to me. (×)

→ This picture belongs to me. (○)

　（這幅畫屬於我的→這幅畫是我的。）

④ She is resembling her mother in appearance. (×)

→ She resembles her mother in appearance. (○)

　（她長得像她媽媽。）

句③是若是採用進行式，意思便成了這幅畫現在暫時屬於我，所有權隨時會轉移，和常理不符，應該採用「安定」狀態，也就是現在式。至於句④就更離譜了，如果用進行式，意思便成了只有現在像母親，明早起床後說不定就像父親了?! 這簡直就是恐怖電影才有的情節！諸如這類狀況，用常識就可以判斷。

範 例

I *was wondering* if you could lend me a hundred pounds.
（不知道你可不可以借我一百英磅？）

　　「過去式＝過去的事實」，這句話大抵上都對，但如果考慮到「假想過去時態」，那就不一定了。

　　英語中有單複數之分，1 個和大於 1 個在語言表現上的差距極大。同樣地，在使用時態時，包含「現在」和不包含「現在」也有極大不同。不包含「現在」的事，即使只是昨天發生，但由於是「如今無法在現實中經歷的事」，亦被視為「遙遠」的事物，而這也正是「假想過去時態」的特色。

　　上述句子很明顯是在談論「現在」的事，但是動詞 (was) 卻刻意使用「過去式」，目的就是要借助過去式特有的「遙遠」語意，來強調和對方之間一定的距離，以營造「恭敬」的語感。這也是為什麼一般認為 "Could you ~?" 比 "Can you ~?" 來得禮貌的原因。尤其，句中 'wondering' 的 '-ing' 所包含的「不安定」語意，更加使得這句話增添「惶恐、難以啟齒」的意味。

Can you tell me how to get to Sesame Street?
（你可以告訴我芝麻街怎麼走嗎？）

Could you tell me the way to Tokyo Station?
（請問到東京車站怎麼走？）

　　一般而言，"Could you ~?" 主要用在「關係疏遠」的人，例如不相識的人之間；而 "Can you ~?" 則是用在「關係近」的人身上，例如朋友。為了拉近與看節目的兒童之間的距離，《芝麻街》

之類的兒童節目都是以 "Can you ~?"，即富親切感的現在式來取代人際關係疏遠的過去式時態。

再強調一次，過去式意味的是「遙遠」，現在式則是「接近」，對於已結束、感覺卻很「接近」現在的事，英語中把它歸納為現在完成式，屬於現在式的一環，細節我們會在下一項中討論。

以往我們提到「時態」時，大家總直覺以為必須用「時間」來作區別。然而，一路探討下來，你是不是也發現到現在式談的不只是現在的事實，而過去式談的也不只是過去的事了呢？「時態」與其說是依附在時間上，不如說是用來分辨事物離自己是近是遠，或說是用來分辨事物到底是現實或想像的一個依據。既然如此，何不將現在式改名為「接近式／現實式」，將過去式改名為「遙遠式／想像式」，還其本來的面目，不是較自然嗎？

範 例

I *got* used to my new job.
（我對新工作感到習慣了。）

在「時態」的區別上，包不包含「現在」是個分水嶺。就以同樣都被譯成「～了」的過去式和現在完成式為例，前者談的是已逝的事，後者則是從過去一直包含到「現在」這個時點。根據這個邏輯，上述句子「習慣了」，由於本人還在工作崗位上，所以正確的用法應該是現在完成式而非過去式。

○ I**'ve got** used to my new job.

類似的例句還有——

I **didn't see** him this morning.
（我今天早上沒看到他。）＜下午說的話＞
I **haven't seen** him this morning.
（我今天早上還沒看到他。）＜上午說的話＞

第一句表示說話當時「已經是下午」，所以用不包括「現在」的過去式；第二句則是說話時「還是早上」，必須將「現在」這個時點加入句中，所以用現在完成式。讓我們再來看一組例句。

I **didn't go** skiing this winter.
（我今年冬天沒有去滑雪。）＜四、五月時＞
I **haven't gone** skiing this winter.
（我今年冬天還沒去滑雪。）＜一、二月時＞

四、五月時已經是春天，可見說話時冬天已經過去，所以用過去

式。相反地，一、二月時冬天還未過去，所以要用包含「現在」的現在完成式。

不過，這個問題在英美之間有不同的看法。比如說「我今天來唸書了」這句話，下列兩種說法哪種正確呢？

I *came* to study today.
I *'ve come* to study today.

美國人大概會用過去式，而忠於文法的英國人則會用現在完成式。照我們之前的說法，「來唸書了」表示說話者現在正在那個地方，正要開始唸書，所以應該用現在完成式才對。然而，美式英語對這一點並不講究，尤其在口語中經常可見直接以簡單過去式代替現在完成式的情形。

再商榷

> I've *written* with my left hand.

　　仔細翻開文法書，關於現在完成式的定義大致可以歸納出：完了、經驗、狀態持續，以及結果。根據這些定義，上面這句英文可能的解釋便有「我用左手寫完了」＜完了＞，或是「我曾經用左手寫過字」＜經驗＞，完全聯想不到原文想表達的左撇子「我一直用左手寫字」的語意。

　　其實，在使用現在完成式作「狀態持續」的定義解釋時，「時間副詞」是很重要的一環，也就是句中一定要有 'always'、'for ~'、'since ~'、"How long ~?" 等代表一段時間的副詞。

○ I've **always** written with my left hand.
　（我一直用左手寫字。）

　　不過，這中間還是有個小問題。先來看看下面這句話。

> It has rained since last night.

這個句子已經加了 'since' 了，還有什麼不對嗎？首先請各位記住一個原則：現在完成式所代表的「持續」，必須是一段「長時間」。'since last night'（從昨晚開始）未免太短了，這時通常是用「現在完成進行式」。

> It **has been raining** since last night.
> （從昨晚就一直下雨。）

　　你一定很想問，到底現在完成式與現在完成進行式在表示「狀態持續」上有何不同。答案是前者只適用於「長期的持續」，

後者則是不管時間長短，既可表示「長時間的持續」，亦可用於「短時間的持續」。也就是說，當你想表達「持續」的含義時，一律用現在完成進行式就不會出錯了。

範 例

I'*ve been working* for this company for 30 years.

延續上回的結語，現在完成進行式強調動作的持續，現在完成式主要用於動作的「完了」與「結果」。所以——

① I'**ve done** my homework. Now I can go out and play.
（我功課做完了，現在可以出去玩了。）

② I'**ve been doing** my homework for five hours, so I'm tired.
（我做了五個小時的功課，好累。）

句①是母親叫住正往外跑的小孩「功課做了沒？」時，小孩子的回話，重點擺在「完成」；句②則是父親問「你怎麼看來很累的樣子？」時，小孩回父親的話，重點擺在「動作的持續」。

許多人對於現在完成進行式所指的行為或動作在說話當時是否仍在持續感到好奇，答案是兩者皆有可能。現在完成進行式指的是直到說話的時點為止，動作仍在進行中，至於之後是否仍將繼續，則必須視上下文才能判定。舉例來說，如果是「我已經在這家公司工作了三十年，明天就要退休了」，便是表示動作（工作）即將結束。但如果是「我已經在這家公司工作了三十年，有關公司的事儘管來問我」，則意味著動作（工作）大有可能繼續。

要憑上下文才能加以分辨，雖然有些不便，不過至少可以確定一點：如果動作目前仍在進行，一般人會儘量避免採用現在完成式，而改以現在完成進行式代替，以免被誤解為「動作完成」。例如：

I've **been collecting** stamps for ten years.

（我集郵已有十年了。）

如果改成──

I've **collected** stamps for ten years.

則很有可能被誤解成「我集郵已經十年了，最近打算換個興趣，可能是收集明星照或是什麼的」。

　我們就先前的內容略作一下整理。

　首先，過去式與現在完成式的差異在於有沒有包括「現在」這個時點。

　其次，現在完成式作「持續」用法時，必須記得加上時間副詞。

　第三，現在完成式只能用於形容「長時間」持續的事物上。

　最後一項則是，現在完成式與現在完成進行式的區別為前者著重在「完成」，後者則著重於「持續的動作」本身。

範 例

① She lost the ring I *had given* for her birthday.
（她把我給她作為生日禮物的戒指弄丟了。）

② I found that question easier than I *had expected*.
（沒想到這個問題比我預期的簡單。）

　　過去完成式的用法大致有兩種：「敘述在過去某個時間之前發生的動作」，以及「在過去發生的現在完成式」。第二種用法一定要用過去完成式，但是第一種用法則沒有限定，很多時候甚至不如過去式來得自然。例如，①②也可以改成——

① She lost the ring I **gave** for her birthday.

② I found that question easier than I **expected**.

理由是「送戒指比弄丟戒指的時間還早」和「預估問題難度先於實際解題」本來就是合理的事，實在不必刻意改換時態！即使按照事情發生的順序改寫，句①也是用過去式（這時用過去完成式反而不對）。

　　I gave her a ring for her birthday, but she lost it!

　　只有下列「在過去發生的現在完成式」，才一定要用過去完成式。

③ I recognized the man at once, because I **had seen** him before.
（我之前見過他，所以一眼就認出來了。）

④ The plane **had already left** when I got to the airport.
（當我到機場時，飛機已經起飛了。）

　　要分辨句子是不是「在過去發生的現在完成式」，方法很簡單，只要假想自己身處句中的時空時，這句話會怎麼說就是了。比如說例句③，當我們回到 'recognized' 的瞬間，大概會說 "I have seen him before."（我之前見過他）。而句④則是說話者在到達機場後，發現飛機已經起飛——

　　The plane has already left.
　　（飛機起飛了。）

如果改為純粹過去式，整句話的意思便完全變了樣。

　　The plane left when I got to the airport.
　　（就在我到達機場時，飛機起飛了。）

可見這句話必須用過去完成式。

範　例

① The football game **starts** at 5 p.m.
（美式足球賽下午五點開始。）
② **I'm leaving** for London next Tuesday.
（我下週二會去倫敦。）
③ **I'm going to** leave for London next Tuesday.
（我下週二想去倫敦。）

　　許多人都有個錯誤的觀念，以為未來式就是 'will'，其實這只是其中一種說法。例如「未來預定進行的事」就不能用 'will'，而必須用現在式或是現在進行式。

　　如果再細分，現在式主要是用於「預定的公開活動／日程表已排定的團體行程」；「現在進行式」則是用在「個人的預定計畫」。我們可以從現在式的定義：「反覆發生的事物、（半）恆常的真理」來看一些例子——

　　The national museum **opens** at 10 a.m.
　　（國立博物館早上十點開館。）

扣掉休館日，國立博物館幾乎每天十點開館，完全符合「反覆發生」的原則，加上語感又「安定」（相對於「進行式」而言），寫成文字之後（例如句①，就像公告欄上的活動資訊一樣明確。因此，舉凡機關行號的作息「每日上午○時開館」「○月○日○時比賽開始」、旅行社的行程「○月○日○時參觀○○市」、火車時刻表等等具有固定性質的活動，原則上都以現在式表示。

　　相對地，「個人的預定計畫」彈性就大了，因為個人的計畫會隨著說話者的心意改變。相較於團體旅行行程不能成天變化，

必須是「安定的」，隨心所欲的自助旅行便是「不安定的」，所以適合用現在進行式，例如句②。

　　至於 'be going to' 則是「已在腦海中做好打算」的意思。句③和句②的差異在於句②指的是已進入規畫的預定計畫，句③則還停留在「有此打算」的階段。換句話說，如果只是心裡想著「要到倫敦走走看看」，這時只能用句③的說法；而如果是連機票都買好了，做好旅行的準備時，則要用句②的現在進行式。

'be going to' & 'will' 之一

① I'*m going to* answer these letters tonight.
（我打算今晚回這幾封信。）
② (The phone is ringing.) I'*ll* get it.
（〔電話鈴響〕我來接。）

'be going to' 和 'will' 在表現說話者本人（'I' 或 'we'）的意志上有些相似，只不過前者是「已在腦海中做好打算」，而後者則是「臨時的決定」。比方說，句②的 'will' 就不能用 'be going to' 代替，因為人不能預知電話鈴響的時機，要不要接電話應該是當下的決定，不是事先就可以想好的。至於第一句的意思則是早已有回信的意願，如果將 'be going to' 改成 'will'，語意便變成了臨時起意打算今晚回信。

舉例來說，在赴美國旅遊時，如果海關人員問起「您預計在我國停留多久？」，這時你如果回答：

I *will* stay for a week.

聽起來就像臨時才決定一樣，平白增加通關上的困擾。簽證的期限是早就定案的，一切都有規畫的事應該用現在進行式才對。

I'**m staying** for a week.
（我計畫停留一個星期。）

第10條 'be going to' & 'will' 之二

範　例

① Look! It's going to rain.
（你看！要下雨了。）
② It will rain tomorrow.
（〔我說〕明天會下雨。）

　　根據先前的描述，我們知道 "I will ~." 及 "We will ~." 指的是說話者本人「臨時的決定」，那麼當主詞為其他人稱時又該做何解釋呢？此時的用法成了「十足的推測」，而且是「沒有根據」的推測，說話者純粹是憑感覺作判斷。

　　相較之下，'be going to' 作「推測」解釋時，則必須是「依照狀況判斷，可能性很高」時。

　　以句①為例，從 "Look!" 這個字來看，說話者可能真的看到了下雨的徵兆，例如烏雲密布，因而判斷接下來應該會下雨。至於句②的推測，則完全是說話者個人的「主觀判斷」，並不一定有憑有據，甚至可能是占卜師看著水晶球說「明天會下雨」也不一定。

第11條　*'will'* & 現在式

範　例

① This medicine *will make* you feel better.
（這藥可以讓你覺得好過一些。）

② This medicine *makes* you feel better.
（這藥可以讓你覺得好過一些。）

'will' 代表「十足的推測」，這點我們在上一回已經講過了，但是除此之外，'will' 也適用於下面兩種情形時的意見表達。

This door **won't** open.
（這扇門怎麼也打不開。）

Accidents **will** happen.
（意外總是會發生的。）

作否定用法時，代表的是說話者主觀判斷的「（主詞的）固執」；作肯定用法時，則是說話者主觀認定中的「（主詞的）習性」。

不過，有一點必須要澄清：'will' 雖然有十足的把握，但終歸只是「推測」。要形容十足的「事實」時，還是要用現在式。例如一開頭的兩個句子，差別就在句①是勸病人吃藥時所說的話，帶有說話者個人的信心；句②則像是藥品學的講義上所說的一般理論。

第12條　假想過去時態

範　例

① If there *is* an earthquake, what *are you going to do*?
② If there *were* an earthquake, what *would you do*?
（如果地震發生，你會怎麼做？）

　　這兩句都是正確的英文，只是語感略有不同。說①的人認為
地震實際上很可能發生，但是說②的人則認為地震發生的機率並
不高。

　　基本上，假想過去時態雖然名為「過去」，指的卻是未發生
的事。還記得我們之前曾經說過，過去式不一定是過去的事，應
該更名為「遙遠式」嗎？使用句②的人便是認為「地震距離現實
很遙遠」。同理，句①的「現在式」，根據我們先前提到的說法
（參見第 3 條「過去式」）是「接近式／現實式」，所以是「地震
距離現實很近→可能發生」。

　　請看下面這個例句──

③ If I **were** a bird, I **could** fly to him.
（如果我是一隻鳥，就能飛到他身邊了。）

句中的假設「我是鳥」，基本上是不可能發生的事，距離現實遙
遠，所以要用「遙遠式（過去式）」。

　　不過，「假想過去時態」倒不是只能用於「實際上不可能發
生」的情形。例如：

④ If you **went** by train, you **would** get there earlier.
（如果你搭火車的話，就能早點到那兒。）

這就是實際上可能發生的事了。這句話也可以改成──

⑤ If you **go** by train, you **will** get there earlier.

句④和句⑤的不同在於句④的說法比較客氣，因為使用的是和對方保持距離的「遙遠式」，態度較為戒慎。

　　　「假想過去時態」一共有下列三種用法：
⑴和現實相反的假設（句③）
⑵認為實際成真的機率不大（句②）
⑶委婉表現實際可能發生的假設（句④）

第13條　*假想時態* & *'wish'*

誤　用

① I wish he *came* with me.
（如果他一起來就好了。）

　　'wish'（但願），意指「希望不可能的事發生、成真」，後接的子句必須用假想時態，也就是「遙遠式」。然而，上述句子卻是錯誤的，為什麼？問題出在少了一個 'would'。讓我們來複習一下前面所說的：形容「恆常的真理，習慣」時要用現在式，這時的假想時態為簡單過去式；描述「當下的決定、單次事物」時要用 'will'，假想時態是 'would'。

② I wish I **were** a bird.
　　（如果我是一隻鳥就好了。）

③ I wish he **didn't** smoke.
　　（真希望他沒有抽煙。）

　　這兩句基本上都不是陳述一時的事物，句②指的是恆常的狀態（身分），句③則是習慣。

　　現在我們再回到句①，說話者的意思應該是「我希望他這次陪我來」，而不是「我希望他永遠陪我來」。換句話說，陳述的是單次事物，必須加上 'would'。例如：

④ I wish he **would** come with me.

才是正確的。

Unit2

助動詞

第14條　*'could' & 'can'*

Thanks to the new subway line, I *could* get to work in 30 minutes.

（多虧了新地鐵，讓我可以在 30 分鐘內到達公司。）

　　傳統中我們都把 'could' 當作是 'can' 的過去式，認為只要已經發生，就該將 'can' 改成 'could'。這句話當然沒錯，但卻忽略了 'could' 其實更常用在「推測」，亦即假想時態的表現上。例如，上述句子也可以解釋作「多虧了新地鐵，如果我想在 30 分鐘內到達公司，現在也辦得到了」，說話者似乎是在陳述他的推測，而不是自己的親身經驗。

　　即使承認上述句子裡的 'could' 是 'can' 的過去式，這句話還是不自然。不知各位是否記得，前面談論簡單過去式時，曾經提到過去式並不包含「現在」這個時點。換句話說，話中的內容成了完全「過去的事實」（搭新地鐵可以在 30 分鐘內到達公司的情形成了過去式），與說話者想要表達新地鐵對今日生活的影響完全不符。

　　這時，只要用簡單現在式 'can' 就行了。

① Thanks to the new subway line, I **can** get to work in 30 minutes now.

或者是用 'enable'，但是時態必須用包含「現在」的「現在完成式」。

② **The new subway line has enabled** me to get to work in 30 minutes.

再商榷

> Nobody *will* believe that he is Tom's son.
> (沒有人會相信他是湯姆的兒子。)

'will' 代表「十足的推測」,上述句子「誰會相信他是湯姆的兒子,不可能的!」,語氣過於強硬,最好是將 'will' 改成 'would',緩和一下語氣。

○ Nobody **would** believe that he is Tom's son.

這裡的 'would' 並不是過去式的意思,而是取我們之前提過的「遙遠」的含義,相對於 'will' 的「近」,營造出「客氣」的語感,是英語中一種常用的手法(參見第 12 條「假想過去時態」)。

以往大家總是從時態一致的角度出發,統一將 'would' 定位為 'will' 的過去式。然而,在實際的應用中,'would' 用於「客氣的說法」頻率其實不低,強記 'would' 為 'will' 的過去式只會增加弄混的機會,還不如從了解「接近式」與「遙遠式」的時態本質著手,才能收事半功倍之效。

第16條　*'must' & 'have to'*

範　例

① I *must* go home before dark.
（我必須在天黑前回家。）

② I *have to* hand in the report by tomorrow.
（我必須在明天之前交出報告。）

　　'must' 和 'have to' 同樣都譯作「必須」，所以有不少人認為這兩項的用法應該差不多，但真的是這樣嗎？

　　'must' 指的是「自律性」的義務，例如句①，說話者不見得是受到家人的硬性規定，可能只是心裡有個聲音在敦促自己，如果太晚回家，父母會擔心，所以自己覺得「必須～」。

　　相反地，'have to' 偏重的是「客觀條件下」的義務，壓力來自外界。以句②來說，如果明天交不出報告，說話者可能拿不到學分，必須重修一年課，逼迫他即使不想交也不成，不像 'must' 有商榷的餘地。

第17條 *當然的推論 'must'*

誤 用

① He *must* be happy to hear about your success.
（他聽到你成功一定很開心。）

'must' 除了作義務規範的「必須」解釋之外，還可以表示說話者認為理所當然的推論，但是有個前提：不能用於推測未來，只能用於對「現在事實」的推論。例如：

② There **must** be a hundred people there.
（那裡一定有一百人出席。）

便是說話者推斷集會出席的情形。不過，這項推論純粹是說話者依據資料，例如往年的出席紀錄或是報章雜誌的相關報導，自己所做的強烈主張，和事實有否出入並不重要。

所以，句①是錯誤的，因為句中描述的是未知的情形。但是如果你看到下面這個句子，可千萬別以為這句話也是錯的。

③ He **must** be coming tomorrow.
（他明天一定會來。）

這句話不也是在談論未發生的事嗎？的確，但談論的是「預定好的事」，和句①不同。句③的「預定」可以說是幾乎已經確定的「事實」，不像句①只是說話者對未來事物一廂情願的「推論」。

關於未來不可知事物的論斷，如果自己真的覺得很有把握時，可以考慮用 'will certainly'。

○ He **will certainly** be happy to hear about your success.

第18條 *'may'*

再商榷

Your father *may* be happy to hear of your success.
（你父親聽到你成功大概會很開心。）

還記得 'will' 的用法嗎？意思是「十足的推測」。相較之下，'may' 這個字所透露出的說話者的自信度就沒那麼高了，大約只有 'will' 的一半，即「50%」。

上述句子其實文法沒有問題，只是語意有些「不盡常理」。「你父親聽到你成功也許會開心，也許不會」——這句話聽來實在有些蹊蹺。除非是另有隱情，否則天底下哪有為人父母的聽到子女的好消息會不高興的呢？

○ Your father **will** be happy to hear of your success.

才是合理的句子。

另外，'might' 也是經常被人誤用的。就像之前談論 'would' 和 'will'、'could' 和 'can' 的時候一樣，'might' 與其說是 'may' 的過去式，不如說這是兩個在「客套」程度上不同的字。使用時必須記住，'may' 只有 50% 的把握，而 'might' 的信心指數就更低了。

再商榷

You may sit down.
（你可以坐下了。）

'may' 的「遙遠式」'might' 作名詞解釋時，有「力量」的意思，而 'may' 本身也有「賜予（力量）」的含義，所以 'You may ~' 也就是「我授權給你！去給我～」的命令語氣，一般譯成「准許你～／你可以～了」，多是上位者對下位者的發言，尤其不適合用在不認識的人身上。

相反地，'May I ~' 則有「能不能將你的力量賜給我／能不能獲得你的授權」的意味，一般譯成「我可以～嗎」，和 'You may ~' 正好相反，屬於相當客氣的說法。

上述句子想表達的如果是「請坐」的意思，只要直接說 'please' 就好了。

○ Please have a seat.

第20條 *'might/may as well ~'*

誤 用

① You don't look well. You *might as well* go home.
（你的臉色很難看，回家去吧。）

在解釋 'might/may as well ~' 之前，讓我們先來看看另一個類似的片語 'had better ~'。

首先要澄清一點，不少人可能聽過「'You had better ~' 帶有脅迫的意味，最好不要亂用」的說法，這句話原則上沒錯，例如強盜拿槍對著人，或是父母對小孩說教時，確實是這麼用，但是也有出於關懷的規勸用法，例如句①就應該改成——

② You don't look well. You **had better** go home.

儘管 'had better ~'（最好～）背後隱含著「否則就不妙了」的意味，但在本句中，說話者的意思是「你最好回家去（否則臉色會更難看哦）」，很明顯是出於善意，這點可以從前後文或是語氣加以判斷。

現在回到本次的主題 'might/may as well ~'，這個片語的前身是 'might/may as well ~ as...'，'as ~ as...' 指的是前後程度相同，例如：

③ You **might as well** throw your money away **as** lend it to him.
（你與其借錢給他，還不如把錢扔掉！）

句中的「借錢給他」的結果，等於「把錢扔掉」。這種「沒什麼差別」的語意，即使少了 'as ~ as...' 也還一直存在，所以 'might/may as well ~' 也就是「（雖然沒什麼差別）不過還是～吧」。

④ You **might as well** go to that language school.
（你不妨去上那間語言學校。）

　　句④的意思是「語言學校其實都差不多，你去那間試看看好了。」的確，所謂「師父領進門，修行在個人」，不管課程再好，本人如果不努力，再好的師資都沒有效。但是如果套用到句①，情形就不同了──「你臉色不好，回家去好了（或是不回家也可以）。」一點都不像是在勸人休息，所以說是錯誤的。

Unit3

準動詞

不定詞 & 動名詞 之一

To collect stamps is my hobby.
（我的嗜好是收集郵票。）

　　或許是不定詞 'to ~' 經常和動名詞互換，所以常見學生造出這樣的錯誤句子。但是基本上，不定詞作主詞時並不等於動名詞。

　　比方說，不定詞的 'to' 具有「方向性」，意指「前去做～」，後面的動作應該是尚未發生但將要發生。按照這個邏輯，上述句子的「收集郵票」也就是「未發生的嗜好」？完全不合常理。但如果是用動名詞——

○ **Collecting** stamps is my hobby.

由於動名詞 '-ing' 的特色是「持續」，也就是「一直有在發生→經歷」，與「嗜好」必須是「已發生」、「持續了好一陣子」的條件相符，所以是正確的用法。

第22條 不定詞&動名詞 之二

誤 用

① I prefer *dying* rather than stealing.
（我寧願死也不願當小偷。）

這句話想必是將 'prefer A to B' 與 'prefer to do ~ rather than (to) do...' 的句型給弄混了。前者的 A 和 B 必須填入名詞或是動名詞，後者則是 'prefer' 和不定詞結合的句型，兩者不僅形式不同，含義也不同。

動名詞 '-ing' 是「持續」的意思，所修飾的事物也都具有「一直有在發生→經歷」的含義，例如：

② I prefer **walking** to riding.
（我喜歡散步勝於騎單車。）

其中，'walking' 與 'riding' 絕不會是說話者未曾經歷的事，必定是有過體驗才能作出比較。按照這個道理，句①如果要成立，就必須是說話者有過 'dying' 的經驗，而且可能還不只一次，這當然是不可能的事。「死亡」對於活著的人而言，應該是今後不知何時才會發生的「單次事件」，必須用不定詞。

③ I'**d** prefer **to die** rather than (to) steal.

在時態方面，動名詞用法時，經常搭配現在式使用（例如句②），原因是動名詞所代表的「持續、一直有在發生」與現在式被用來形容「反覆發生的事」的特性相近。至於不定詞用法則多半與 'would' 一起出現（例如句③），因為兩者都是用來形容「未來的單一事件」。

誤 用

① It is evident *for* him *to be* satisfied with the result.
② It is dangerous *that* you swim in this river.

　　虛主詞 'it' 後面是用 'to do...' 或是 'that SV'，完全視說話者
想表達什麼意思而定。

　　首先是 to 不定詞，這個用法通常用在「今後的事、假設性的
事物」上，也就是說，句①的語意是「事情很明顯，他將會對這
個結果感到滿意」。這句話乍看沒問題，仔細思量後才發現其實
有語病。「他對結果感到滿意」如果不是已經確定的事，又怎麼
能說「事實很明顯」呢？類似這種前提為已確定的事實時，應該
是用 that 子句。

○ It is evident **that** he is satisfied with the result.
　（很明顯的，他對結果感到滿意。）

　　但是，句②「你在這條河裡游泳」如果也設定為已定的事
實，就不符合原句想要表達的「如果你在～」的事前勸戒的口吻
了，必須改成 to 不定詞才行。

○ It is dangerous **to** swim in this river.

第24條 *'S + be + to-V'*

再商榷

① They *are to get* married in June.
（他們預計在六月結婚。）

'S + be + to-V' 的用法不外乎五種：義務、預定、命定、可能性、企圖。在此提供各位一個掌握語感的小秘訣——這五種說法背後都有第三者的介入。以「義務」的用法為例，例如：

② You **are to stay** here.
（你必須待在這裡。）

在這句命令中，下達指令的並非說話者，而是另有其人，說話者只是負責轉述而已。同理，如果是作為「預定」的用法，則該「預定」同樣不會是說話者本身的決定，而是第三者安排的計畫。以首相的行程計畫為例——

③ The Prime Minister **is to go** to the U.S. soon.

訪美的活動是事務官等第三者居中折衝才定案的，絕非首相一個人能夠作主的事。

因此，句②的問題就非常明顯了。句中的婚事成了一椿男女主角沒有自主權的政治婚姻，也就是上述五種用法當中的「命定」用法。在現在的社會裡，婚事多半是由當事人自己決定，說話者如果是要表現婚禮已在籌備中，預計在六月舉行，那麼就必須改用「現在進行式」。

○ They **are getting** married in June.

第25條 'not to do ~'

誤 用

> He wrote down the name *not to forget* it.
> （他把名字寫下來免得忘了。）

'to do ~' 在很多句型中都是表示「目的」，有些學生非常有創意，發揮舉一反三的精神，以為 'to do ~' 的否定形「為了不～」就是在前面直接加上 'not'，所以有了上述的錯誤句。其實，正確的說法應該是 'in order not to do ~' 或是 'so as not to do ~'。也就是說，上述句子如果改成下列的說法便沒有問題了。

○ He wrote down the name **in order not to forget** it.
○ He wrote down the name **so as not to forget** it.

不過，若是遇到 'be careful' 或是 'take care' 時，倒是可以只用 'not to do ~'。

Be careful **not to catch** cold.
（小心別感冒了。）

第26條　'V-ing + N'

再商榷

There was a *sleeping baby* on the train.
（火車上有個正在睡覺的嬰兒。）

　　坦白說，這種說法許多人可能一輩子都用不到一次！回想一下，同樣一句話，我們在口語中是怎麼說的？是不是「火車上有個嬰兒在睡覺」，英語也是一樣——

○ There was a baby sleeping on the train.
○ I saw a baby sleeping on the train.

才是自然的說法。

　　可是，文法書上確實這麼說的呀，'sleeping baby' 到底哪裡錯了？

　　要回答這個問題，就得先解釋一下形容詞、分詞置於名詞之前與之後所隱含的語意。以 'red umbrella' 為例，這把傘的特徵是紅色的，而且會一直是紅色的，也就是「永續狀態」。受到這個影響，'sleeping baby' 的形式聽起來也讓人容易聯想到「永遠沈睡的嬰兒」。

　　相反地，當修飾的語彙置於名詞之後時，則是意味著「暫時性的現象、動作」。

The baby sleeping on the train yesterday was cute.
（昨天在火車上睡著的嬰兒好可愛。）

第27條 分詞結構

再商榷

① *Turning left*, you'll find the post office.
（向左轉，你就可以看到郵局了。）

② *Admitting what you say*, I still think you are wrong.
（我承認你所說的，不過我還是認為你是錯的。）

文法書上通常將分詞結構界定為「時間先後」(when; while; as...)、「理由」(because...)、「條件」(if...)、「讓步」(although...)、「附隨狀況」等用法，但是在現代英語中，關於「條件」和「讓步」兩種用法幾乎已經被淘汰了。上述①②句建議改成——

① **If you turn left**, you'll find the post office.

② **Although I understand what you say**, I still think you are wrong.

基本上，分詞結構是種讓語氣顯得曖昧的說法，學生在英文作文中最好儘量少用。一是分詞結構屬於相當生硬的用法，不適合生活化的文章；二是如果要表現「時間先後」和「理由」的用法，直接用 'when' 或 'because' 等連接詞是較好的選擇。

筆者唯一建議使用分詞結構的是，對等子句時的「附隨狀況」。因為此時缺乏適當的連接詞，所以使用分詞結構。

She came out of the room, **singing a song**.
（她唱著歌走出房間。）

第28條 'have ~ p.p.'

He *had his house burned down.*
（他的房子被燒毀了。）

'have ~ p.p.' 除了作「使役」使用之外，還有「蒙受、經驗」等用法。關於後者，筆者的建議是能不用就不用，因為容易遭誤會，例如上述句子，其實也可以解釋為「他叫人放火燒了自己的房子」，和原意差了十萬八千里，還不如一般的被動式──

His house was burned down.

來得明確。

'have ~ p.p.' 作「蒙受」解釋的用法，主要出現在英式英語。一般學習者由於拿捏不好，經常造出奇怪的句子。為了避免這類不必要的問題，最保險的方法便是將 'have ~ p.p.' 當作只有「使役」一個用法。

'have ~ p.p.' 作「使役」用法時有個特色──通常是「付錢請人做～」，例如：

I had my hair cut.
（請人幫我剪頭髮。）→付錢給理髮師
I had my wife shot.
（請人槍殺了我的老婆。）→付錢給殺手

Unit4

冠　詞

第29條　零冠詞

範　例

I like *girl*.

你認為這句話錯了嗎？依據我們在學校所學的，'girl' 是可數名詞，所以必須加不定冠詞 'a' 或是改成複數形 'girls'。然而上述句子當真不能成立嗎？筆者認為從英語系國家的人解讀這句話的方法，可以幫助我們了解冠詞的真義。

在進入正題前，我們先來探討「可數名詞」與「不可數名詞」概念的正當性。語言是種符號，不管是「狗」、「貓」，基本上都是人們擅自加在這些動物身上的「聲符」。也就是說，語言除了代表它所象徵的具體事物以外，本身也是一項符號。英語也不例外，沒有加任何冠詞的 'girl' 就只是個音階。換句話說，上述句子在理論上是成立的，意思是「我喜歡 'girl' 這個音」。當然，這種情形很少見。不過日常生活中常見的人們的「稱謂」或是事物的「名稱」，其實就是取其符號的用法，例如：

Keep the change, **driver**.
（不用找錢了，司機！）

不用加冠詞。

另外，由連接詞或介詞連結的兩個名詞也不加冠詞。

A butterfly is flying **from flower to flower**.
（一隻蝴蝶在花間飛舞。）
The children sat **side by side**.
（孩子們排排坐。）

這是從「音韻遊戲」的角度出發。比較加冠詞和不加冠詞時的韻

律感，後者明顯較順口、流暢。英文詩裡時常使用「零冠詞」，也是為了追求韻律之美。

　　言盡於此，主要是要提醒各位，語言在「意義」之外，同時也是個純粹的「聲符」。

第30條　不定冠詞

範　例

I like *a girl*.

　　以上這句話的直譯是「我喜歡一個女孩」，較生動的譯法就是「我有了喜歡的女孩」──如果這句話從你的好友口中說出，相信大多數人的反應都會是「是哪一個？」，然後開始瞎猜「那個人是瑪麗對吧？」等等，腦海中開始塑造一個女孩的模樣。

　　英語的不定冠詞 'a' 就有這樣的語感，簡單的說就是：能夠「勾起人的好奇心」、「引發聯想」，也就是讓人「可以想像」。

　　傳統文法將名詞區分為可數名詞與不可數名詞，筆者在此改以「可想像的名詞」與「無法想像的名詞」重新定義。

I can't wait to eat **turkey**.
（我等不及要吃火雞了。）

　　這句話裡頭的 'turkey' 沒有加冠詞，所以是「無法想像的名詞」。什麼是無法想像的 'turkey' 呢？比如說「火雞肉」。那麼，下面這個句子呢？

I can't wait to eat **a turkey**.

由於 'a' 的特性使然，在聽到 'a turkey' 的瞬間，腦海裡浮現的是一整隻的火雞。也就是說，說話者可能是迫不及待想吃一隻「全雞」，甚至是一隻「活火雞」?!

　　「可想像的名詞」和「無法想像的名詞」相比，「可想像」的東西通常容易描繪。例如，全雞、活火雞好描繪，但火雞肉就難了，十個人畫可能就有十種樣子，所以是「無法想像的名詞」。同理，"I like a girl." 和 "I like girl." 的差別，除了上回提到

的「聲符」的因素之外，還多了一個完整的女孩形象和模糊的女孩「人肉？」之分。

第31條　定冠詞

範　例

I like *the girl*.

　　定冠詞 'the' 的定義為「特定」，也就是對話雙方對於所指的事物擁有共識，就像語彙本身和所代表的意象會「自動定位」一樣。以上述句子為例，說話者之前可能曾向對方提過話題中的女孩，認為對方應該知道自己說的是誰，所以才說 'the girl' 而不是 'a girl'。

　　在翻譯這樣的句子時，通常會譯成「我喜歡（上回跟你提過的）那個女孩」。許多學習者因此弄不懂 'the' 和另一個「那個」 'that' 的分別，在此簡單作個說明。

　　以上述句為例，如果說話者喜歡的女孩也在現場，或是眼前有張照片，說話者用手指著說「瞧！我喜歡那個女孩」，這時便應該用 'that' 而不是 'the'。

　　Look! I like that girl.
　　（你看！我喜歡那個女孩。）

　　又比如說，你和朋友逛街時，朋友指著某件毛衣說「你試穿那件毛衣看看嘛」：

　　Why don't you try that sweater on?

這時也應該用 'that'。只不過，如果這句話改成──

　　Why don't you try the sweater on?

除非你們兩人之前曾經談過眼前的這件毛衣（這當然是不可能的），否則不能成立。但是如果換個場景，假設你們最後還是沒

有買下毛衣，兩人逛累了到咖啡館休息，你想了想，有些懊惱地說「剛才應該買下那件毛衣的」：

I should have bought **the sweater**.

由於這時你們兩人都知道你所說的是哪一件，所以要用 'the'。

總而言之，'the' 必須用在你認為「對方也了解」，也就是雙方有共識的事物上；而 'that' 則是用在「用手指著的事物」或是「自說自話時，腦海中浮現」的事物。

第32條　首次出現用 'a/an'，之後用 'the'？

範　例

Once upon a time, there lived *an old man* and his wife. One fine morning *the old man* went off to the hills, to gather a faggot of sticks, while his wife went down to the river to wash clothes.

（很久很久以前，有位老公公和老婆婆。某個晴朗的早晨，當老公公到山裡撿柴時，老婆婆到河邊洗衣服。）

　　這是日本著名的民間故事《桃太郎》開頭部分的英譯，第一句的「老公公」因為是第一次出現，所以用不定冠詞 'a/an'；第二句再出現「老公公」時，'a/an' 換成了 'the'，完全符合「首次出現時用 'a/an'，之後用 'the'」的文法規範。但是，並不是所有的情形都是如此。

　　之前我們曾經提過，'the' 有「自動定位」的效果。若從這個角度解釋，第二句裡的「老公公」，因為可以根據上下文「自動定位」到第一句的「老公公」，所以用定冠詞 'the'。那麼，如果可以依據語意「自動定位」到說話者所指的事物時，即使之前不曾在句中提過，是不是也可以用 'the' 呢？

　　It's cold. Can you shut **the window**?
　　（好冷噢。你可不可以把窗子關上？）

　　句中的 'window' 明明是第一次出現，如果按照「首次出現時用 'a/an'，之後用 'the'」的文法規範，很明顯說不過去。可是如果以「自動定位」的觀點，房間裡可能只有一扇窗戶是開著的，亦或屋裡只有一扇窗戶，說話者所說的 'the window'，自然能引導聽話者到說話者所意指的窗戶上。換句話說，不是在文章

中所有第一次出現的事物都必須用 'a/an'。

讓我們再來看一個例子——

In this part of **the country**, the cherry blossoms come out in early March.
（這個地區的櫻花在三月初開花。）

「地區」有許多英譯說法，其中一種是 'part of the country'，這裡的 'the' 會隨著說話者當時站的土地而「自動定位」。比如說，如果是在日本講這句話，'the country' 指的就是日本；如果是在美國，'the country' 指的就是美國。下面例句也是相同的情形——

I have to hand in the report by the end of **the month**.
（我必須在這個月底前交出報告。）

'by the end of the month' 也可以說成 'by the end of this month'。句中的 'the month' 指的是說話當時的月份，如果是三月，就是三月底，如果是八月，就是八月底，'the month' 會隨著說話的時刻而「自動定位」。我們經常問旁人「現在幾點」的 'the time' 也是這個用法，'the' 指的是「現在」。

Do you have **the time**?
（請問現在幾點？）

第33條　'sun' 一定要加 'the'？

範　例

The sun rises in the east and sets in the west.
（太陽在東邊升起西邊落下。）

　　因為 'sun' 在這世上僅有一個，所以要用定冠詞 'the'——這是文法書上教的背誦方法。其實，從我們之前一再重複的 'the' 具有「自動定位」的性質來看，這項法則是可以解釋的。

　　例如日常生活中提到 'sun' 時，一般人的反應大概都是頭頂上的那顆「太陽」。換句話說，這時是「根據常識而自動定位」。可是，對天文學家就不同了，在談到 'sun' 的話題時，他們心中想的可能是宇宙無數和「太陽」一樣的「恆星」。例如：

Suns don't necessarily have planets going around them.
（不是所有恆星都有行星圍繞。）

這時就不能加 'the'，而是用複數。又比如說——

My room doesn't get **a lot of sun**.
（我的房間採光不好。）

這句裡的 'sun' 屬於「無法想像的事物」，所以是「日光」的意思。

　　由上述例子我們得知，'sun' 不是一定得加 'the'，反而是冠詞決定了 'sun' 所代表的意義。

第34條 *'school'* 一定是零冠詞？

範 例

範 例

He goes to *school*.

相信你在學校時，老師一定告訴過你 'school' 不用加 'a' 也不用加 'the'，理由是「名詞在表示其功能而非建築物本身時，不用加冠詞」。學校的功能是讀書、學習，屬於「無法想像的名詞」（參見第 30 條），所以，「到學校讀書、上學」時要說 'go to school'。──這些都合理。可是，實際上外國人也說 'go to the school' 或是 'go to a school'，這時又該如何解釋呢？

很簡單，還是得從定冠詞和不定冠詞各自的特性著手。例如，因為雙方都明白是哪一所學校，所以──

He goes to **the school**.
（他就讀於〔你也知道的〕那所學校。）

可以成立。

如果是不定冠詞時，

He goes to **a school**.
（他到某間學校去了。）

由於 'a' 具有「引人好奇、聯想」的語感，所以可能是說話者預留空間，想要吊聽話者胃口的說法。

像這樣，從理解的角度出發，是不是比死記的方式來得靈活呢？

110

第35條　'the'＆關係代名詞子句

誤　用

① I am *the student* at Harvard.
（我是哈佛的學生。）
② Someone stole *a bicycle* I left in front of the station.
（我停在車站前的腳踏車被人偷了。）

　　通常關係代名詞子句所修飾的名詞都會加上定冠詞'the'，但是有沒有例外呢？我們接下來就來探討看看。

③ This is **a picture** he painted yesterday.
④ This is **the picture** he painted yesterday.

　　上面這兩句例句③和④在文法上都沒有錯。不定冠詞 'a' 的意思是「（其中的）一個、一幅」，也就是說，如果仔細解釋，③的意思應該是「他昨天畫了許多幅畫，這是其中一幅」。

　　④的冠詞 'the'，意思雖然也是「一幅」，但卻是自動定位的「（唯一的）一幅」，所以必須解釋成「他昨天（只）畫了一幅畫，就是現在的這幅」。

　　看到這裡，你是不是也能夠判別①和②裡不對勁了呢？

　　①的問題出在 Harvard 的學生絕對不可能只有說話者一個人，所以必須改成 'a student'。

○ I am **a student** at Harvard.

　　不過，若是每間大學各派一名學生集會，而自己正巧是哈佛的學生代表的話，倒是可以大膽使用 'the student from Harvard' 無妨。

　　句②的冠詞如果不作更動，語意便是「我停在車站前的幾部

腳踏車裡，有一部被偷了」。但是事實上，一般人是不會一個人停上好幾部腳踏車的，所以必須改成 'the bicycle' 才恰當。

○ Someone stole **the bicycle** I left in front of the station.

　　'a' 代表「許多個中的一個」，'the' 代表「唯一的一個」——這樣的說明當然稱不上完善，因為有許多時候，冠詞的用法是跟著其他理論走的。不過，平常自己在寫文章時，僅須記這一點即可。

第36條　職稱一定是零冠詞？

範　例

We elected Tom *captain* of our team.
（我們推選湯姆作我們的隊長。）

　　熟悉英語文法的人都知道，「僅適用於單人的職稱，例如
'captain'、'president'、'chairman' 等，用作補語時，不加冠詞」
這項規定。可是，英美系國家的人在寫文章時，真的會特地去思
考這種事情嗎？或許不然，因為就有老外說，上述句子應該像下
面的例句一樣加 'the' 才自然。

We elected Tom **the captain** of our team.

　　前面我們提過 'the' 具有「唯一」的含義（參見第35條），而
每支隊伍的隊長通常也都是一位，可見 'captain' 前面加 'the' 並
沒有衝突。只是，到底是加 'the' 好還是不加好？這個問題經筆
者請教多名外籍教師的意見後，得到的共同答案是「兩者幾乎沒
有差異」。

　　其實，零冠詞與「the + 名詞」幾乎同義的用法，在現實中
不乏例子可循。越是和日常生活密切關連的事物，原先的定冠詞
'the' 越常省略──甚至已成為英語中的一項趨勢。

誤 用

I'm afraid you *have a wrong number.*
（我想你可能是打錯電話了。）

會寫出 'have a wrong number' 的人，可能是認為「世上有許多不正確的電話號碼，這次打的只是其中之一，所以要用 'a'」。但是，這句話是錯的。

○ You have **the** wrong number.

「為什麼是 'the' 而不是 'a'」——這個問題的最好解釋就是不解釋，只要告訴各位：這是片語，熟背就好了。但其實不是不能解釋，只是有些複雜：「談論固有範圍中某一定義明確的要素時，該要素必須加定冠詞 'the'」。

首先以 'one...; the other...' 的例子來作說明。這個句型通常應用在只有兩個選項時，表示「一個…，另一個…」。而這時的「另一個」 'other' 加了定冠詞 'the'。以一對兄弟分兩顆蘋果為例，如果哥哥先選，這時他有兩個選擇，所以無法「自動定位」到特定某顆蘋果上，'one' 因此不用加 'the'。但是輪到弟弟選擇時，由於只剩下（唯一的）一顆，'other' 意指哪一顆蘋果已經非常明顯，也就是會「自動定位」到那顆僅剩的蘋果上，所以此時必須加 'the'。

另一個類似的句型 'the one...; the other...'（前者…，後者…）說的就更清楚了。「前者」和「後者」劃分了一個整體範疇，談到「前者」時絕不可能是指「後者」，而談到「後者」時也不可能是指「前者」，'one' 和 'other' 都會自動定位到所指的特定的一方。

　　有了基本概念之後，我們再回到一開始的錯誤句 'you have a wrong number'。照理說，世上應該只有「正確的電話號碼」和「錯誤的電話號碼」，所以不管是 'wrong' 還是 'right'，都要加上 'the' 才是正確的。

　　附帶一提，'in the morning'、'in the afternoon'、'in the evening' 之所以會加 'the'，是因為在固定範圍（一天）中，依據人類遠祖的習慣，早午晚都有明確的作息時間帶，只有 'night' 除外，因為古人夜晚都是用來睡眠，不算在一天的活動之中，所以不加 'the'。

　　以此類推，「方位」：'the north'、'the east'、'the south' 和 'the west'，以及「四季」：'in the spring'……，同樣都要加 'the'。但是，「四季」的情形有些特殊，不加 'the' 的說法，如 'in spring' 照樣有人用，這也是「零冠詞與『the + 名詞』幾乎同義」的趨勢使然（參見第 36 條）。

第38條　'the Tokyo Station'?

誤　用

Does this train stop at *the Tokyo Station*?
（這列火車停靠東京車站嗎？）

「車站／公園／(單數) 山脈名稱前不加冠詞；河川／海洋／(複數) 山脈名稱前加 'the'；旅館／橋樑名稱有時加有時不加…」——既繁且多的規則，簡直是所有人學習冠詞時的惡夢。筆者在當學生時也不例外，一直思考究竟有沒有一個大方向可以遵循。以下便是筆者多年來的思考心得，雖然沒有任何理論根據，不過或許可以提供各位作參考。

首先，當所指的事物非常明確、不會有誤解之虞時，不須加 'the'。比方說，'Tokyo Station' 該不該加 'the'，答案是「不用」。因為 'Station' 本身已經說得非常清楚，是東京「車站」，而不是東京鐵塔或其他地方，所以不用加 'the' 再去特別指定。類似的例子還有 'Hyde Park'（海德公園）和 'Mt. Fuji'（富士山）等等，也是因為有 'Park' 和 'Mt.' 的提示，不會聯想到其他地方。

可是，河川、海洋、(複數) 山脈為什麼就要加 'the' 了呢？以 'the Nile River' 為例，'River' 經常被省略，省略了 'River' 之後的 'Nile' 如果再少了 'the' 的提示，可能會變成各說各話，每個人想的都不相同。但是由於「the + 名詞」有「讓人馬上聯想到最著名事物」的意思，而「聽到尼羅馬上就聯想到的著名事物」就是「尼羅河」，所以原則上習慣加 'the'。

海洋和山脈的情形也是一樣，'the Pacific' 和 'the Alps' 也都是聽到「太平」和「阿爾卑斯」時立刻會想到的事物——「太平洋」和「阿爾卑斯山」。

第39條　'the pen'

範　例

The pen is mightier than *the sword.*
（文勝於武。）

　　之前我們說 'the' 的作用是自動定位，亦即「特定化」所指的事物。但是，並不是每一次都是指具體化的事物，有時是取其「抽象化」的含義。

　　上述句子是句有名的成語，句中提到的 'the pen' 並不是指真正的筆，而是藉由「筆」來象徵抽象的「言論」。同樣地，'the sword' 也不是指真的劍，而是劍所象徵的「武力」。所以，這句成語的真正意思是「言論的力量大於武力」。

　　這裡其實也可以套用前面提到的規則「the + 名詞」代表「聽到（名詞）之後，讓人馬上聯想到的最著名事物」。一聽到筆就立刻會聯想到的事物是？答案是「言論」；一聽到劍就立刻會聯想到的事物呢？答案是「武力」。

　　那麼，下面這句話指的是什麼意思呢？

I'm afraid of **the knife**.

　　'knife' 指的是醫生用的「手術刀」，所以 'the knife' 也就是「一提起手術刀就會想起的事物」，亦即「外科手術」。所以這句話的意思是「我怕動手術」。

I like *girls*.
（我喜歡女生。）

　　相信許多人在中學時都背過「我喜歡蘋果」的英語是 "I like apples."，'apple' 要用複數形。這裡的蘋果指的是「一般概念中的蘋果」，亦即「總稱」。我們平常所見的「總稱」用法就是這種既不加冠詞、形容詞，也不加限詞 ('this', 'that', 'some', 'any') 的名詞複數形。

　　可是，在學習的過程中，卻又陸續發現 'a' 和 'the' 也有「總稱」的用法。這下可令人糊塗了。

　　首先從結論談起。作「總稱」解釋時，單純複數形是最口語，同時也最不易引起混淆的說法，不像 'a' 或 'the' 可能解釋為其他語意。

　　以 'a' 來說，即使是作「總稱」用法，'a' 的基本定義（引發聯想）依然存在。例如：

A mouse is a small animal, but **an elephant** is a large animal.

同樣是作「總稱」使用，但是口吻卻像是在對兒童說話：「想像有一隻老鼠，想好了沒？好，老鼠是隻很小的動物。現在再想像大象的樣子，大象是很大的動物哦…」。

　　另外，當內容涉及自身條件，亦即私人事物時，有時也會用單數形 'a' 來表示「總稱」。

A cat is smaller than **a dog**, so let's get a cat.
（貓比狗小，我們選貓好了。）

說話者正在考慮要養狗還是貓當作寵物，這裡如果用複數形，會讓人覺得說話者要養的似乎不只一隻寵物。

　　相較之下，'the' 的「總稱」用法則是充滿了學術味。

The lion is a member of the cat family.
（獅子是貓科動物的一種。）

這是以動物學的角度談論獅子這種動物。至於為何說具有「學術味」？原因是前一回我們曾經提過加 'the' 有使內容抽象化的效果，'the lion' 也就是「概念化的獅子」，所以才說具有學術味，少見用於一般人。

第41條 'the' + 複數名詞

> **誤 用**
>
> I like *the girls*.
> （我喜歡那些女生。）

　　請比較上述句子和 "I like girls." 的差別。

前一回我們提到過，單純的複數名詞代表的是「總稱」。但是如果在複數形之前加 'the'，意思便變成「特定」的幾個。以一開始的句子為例，'girls' 加上 'the' 的限定，意思便從總稱的「全天下的女生」，縮減為對話雙方都有共識的「那些女生」。

　　這是因為 'the' 具有「唯一」的含義，規範了後頭的複數名詞。也就是說，「the + 複數名詞」等於「特定集團」，所以團體名稱通常加 'the'。例如：

　　'the Giants'（巨人隊）、'the Tigers'（老虎隊）……

　　美國的國名也有 'the'——'the United States'（美利堅合眾國），'state' 是行政單位「州」的意思。大家都知道美國一共有五十個州，所以 'state' 要加 's'。而為了表示這五十個州是全體組成「一個」國家，而不是個別獨立，所以必須再加上 'the'。

第42條 'the' + 不可數名詞

誤 用

How is *weather* there?

上一回我們提到 'the' 與複數名詞一起出現時，代表「特定集團」的意思，這次我們再來談談 'the' 和沒有複數形的「不可數名詞」（筆者稱為「無法想像的名詞」）搭配時，究竟有何含義。

不可數名詞在沒有加限詞、單獨使用的情況下，含義是「總稱」。例如：

I like **music**.
（我喜歡音樂。）

這句話裡的 'music'，指的是一般人口中說的「（不限種類的）音樂」。但是，如果是在 'music' 前面加上 'the'，變成——

I like **the music**.
（我喜歡〔你也知道的〕那種音樂。）

時，則是專指特定的音樂，所以「the +不可數名詞」的定義也就是「（某）特定事物」。

現在讓我們回頭看看一開始的句子。'weather' 為不可數名詞，如果只說 'weather'，意思便是「（所謂的）天氣」，但是從句尾的 'there'，我們知道說話者問的是「那邊」的天氣，也就是「特定事物」，所以這時必須加 'the' 才行。

○ How is **the weather** there?
（那裡的天氣怎麼樣？）

範 例

① Dr. Smith is *an Edison.*

（史密斯博士是個愛迪生。）

② *There is a Mr. Smith* wants to see you, sir.

（長官，有位史密斯先生要見你。）

③ *The Smiths* live next door to us.

（史密斯一家就住在我隔壁。）

專有名詞通常不加冠詞，但是也有例外。

首先是句①，「a + 名人」表示「像（名人）一樣卓越」，這是由 'a' 的定義「引人聯想」所衍生出來的用法——「請想像一下愛迪生，愛迪生是個怎麼樣的人呢？好，史密斯博士也是一樣的人」。

句②「a Mr./Mrs. + 一般人的姓氏」則是「一個名叫～的人」。世上同姓氏的人何其多，這個用法便是借用 'a' 的定義之一：「許多個當中的一個」，來說明全世界無數個名叫史密斯的人當中的一位如何如何。

最後一句③「the + 姓氏的複數形」的意思則是「～一家人」，很明顯是由「the + 複數名詞」代表「特定集團」的用法引伸而來。

綜合以上情形，若說「冠詞」決定了名詞的含義，應該不為過。

第44條　*不可數名詞 之一*

範　例

① Would you let me have the price of *a cup of coffee*?
（你可以給我一杯咖啡的錢嗎？）
② *Two coffees*, please
（請給我兩杯咖啡。）

　　英語文法將名詞分成「可數」與「不可數」，筆者曾在第 30 條提過，這種分法不如利用冠詞 'a' 的特性，重新定名為「可想像的名詞」和「無法想像的名詞」來得妥當。

　　當然，像上述的 'coffee' 之類的物質，多少算是單數多少算複數，的確很難界定，因此可以理解人們當初為何會定義這些物質為不可數名詞。另一方面，咖啡裝進容器之後，一杯兩杯⋯⋯數目清清楚楚，所以說 'a cup of coffee' 也很合理。

　　只是，同樣被定義為不可數名詞的 'baggage'（隨身行李）以及 'furniture'（家具）就令人不解了，因為他們明明應該是可數的！而原本是抽象事物 'education'（教育）加上形容詞之後，卻可以由不可數名詞搖身一變為可數名詞 'a good education'，這點也令人無法理解。

　　正是因為「可數與不可數」的概念在定義名詞上有如此多的不確定性，筆者因此建議改以「形象具體→可描繪」、「形象不具體→無法描繪」的觀點來劃分。以 'coffee' 為例，如果有人叫你畫一張「咖啡」的圖，大部分的人想必畫的都是「裝在杯子裡的咖啡」。不，或許應該說，除此之外也沒別的方法了。因為人們可以想像具體的「杯子」，卻無法描繪不具體的「咖啡」形象。也就是說，'coffee' 本身不能加 'a'。

　　至於句②的 'coffee' 之所以可以描繪，主要是因為咖啡在速

食店中屬於點餐率很高的商品，形象早已和紙杯合而為一的緣故。

第45條　不可數名詞 之二

範　例

They worked hard to give their son *a good education.*
（他們為了供兒子受良好的教育而努力工作。）

　　很多不可數名詞在加了形容詞之後，便搖身一變為可數名詞，例如前一回提到的不可數名詞 'education' 與 'a good education' 就是如此。為什麼只是加了 'good'，就足以改變名詞的屬性呢？

　　假設現在有個申論題的題目是「關於教育」，由於範圍太大，許多人可能覺得無從下筆。但如果把題目換成「請寫出你心中理想的教育」，是不是就具體多了，也好下筆了呢？因為形容詞「理想的」，將原本應該是模糊的「教育」勾勒出具體的輪廓，這樣想來，加 'a' 似乎是理所當然的。

　　只不過，有些單字在加了形容詞之後，整體意象還是模糊而「無法想像」，例如 'fun'、'weather' 等等，這時唯一的辦法便是死記。幸好，這類單字並不多，大多數名詞仍是既有「可以想像」亦有「無法想像」的屬性，純粹視前後文的語意而定。

範 例

Each piece of furniture suited the style of his house.
（他的每件家具都符合房子的風格。）

　　'advice'（建議）、'baggage'（行李）、'furniture'（家具）、
'news'（新聞）、'information'（訊息）、'scenery'（風景）……都
是所謂的「不可數名詞」，不知道你是否聽過有些老師這麼解
釋：

　　「大家先記住，這些都是不可數名詞。因為不可數名詞無法
數，所以不能加 'a' 或是代表複數的 's'，要數的時候必須用 'a
piece of'。」

　　這些老師的解釋方法沒問題嗎？「無法數…要數的時候」不
覺得矛盾嗎？

　　不可數名詞，也就是筆者從「形象不具體→無法描繪」推論
而來的定義「無法想像的名詞」。以 'furniture' 為例，假如現在有
個命令「請畫出家具」，許多人可能先是一愣，然後有人畫
'sofa'，有人畫 'chest' 等等，每個人都不盡相同。但是如果將命
令改成「請畫出沙發」，頂多是美醜、形狀上有差異，絕對不會
有人畫成衣櫃。說的再清楚一些，'furniture' 是個「（整體）集合
體」，形象並不具體，所以屬於「無法想像的名詞」；而 'sofa'、
'chest'……則是「家具的一種類別」（相對於「（整體）集合體」
的「部分集合」），形象鮮明，屬於「可以想像的名詞」。

　　至於「不可數名詞要數的時候必須用 'a piece of'」，又是什
麼意思呢？這個用法「a piece of + 無法想像的名詞」，其中，
'piece' 是「斷片」的意思，「集合體」的「斷片」也就是「成套
事物中的一件」，近似「單位」，所以要用 'a'。

　　一般來說，英語裡的「整體集合」多半是「無法想像的名詞」，像是 'machine' 指的是具體可以描繪的「機器」，有單複數形，其集合體 'machinery'（機械類）卻是「無法想像的名詞」。

Unit5

限　詞

第47條　'some' + 複數形 之一

範　例

① There are *some books* on the desk.

　　上述這句話你會如何翻譯？「桌上有一些書」？這樣回答當然沒錯。但是你有沒有想過，如果要你用英語造句「桌上有書」時，你會怎麼寫？是——

② There is a book on the desk.

還是——

③ There are *books* on the desk.

　　如果桌上只有一本書，回答①當然是對的。但是如果不只一本時，卻不能回答③，因為這個句子是錯的，正確的答案應該是句①。

　　'some' 的意思是「一些」，再進一步解釋就是「印象模糊但確實存在」。換言之，句①的意思「我不知道有多少本，但我確定桌上有書」，確實是我們要的語意。只是，為什麼說句③是錯誤的呢？

　　還記得我們之前曾經說過，當名詞複數形不加冠詞時，意指「總稱」（參見第 40 條）。亦即，句③即使勉強翻譯，語意也會是「桌上有書這種東西」，而不是我們原先想表達的意思。所以，嚴格說起來，我們平常所說的「複數」似乎應該稱為「總稱」，而所謂的「複數」，其實是「some + 複數形」才對。

再商榷

① Waiter, give me *water*.

　　當你在餐廳裡想向服務生要開水時,使用上面這句話到底對不對?答案是:不能算錯,但是不建議這麼使用。

　　'water' 是「無法想像的名詞」,也就是所謂的「不可數名詞」,當這類名詞前面沒有加任何冠詞時,代表「總稱」(參見第42 條)。所以,單獨出現的 'water',其意思便是「水這種東西」。「給我水這種東西」——聽到這樣的祈使句,一般人縱使聽得懂,也不否認這種說法還真是少見吧!

　　正確的說法應該是——

② Waiter, give me **some water**.

這和前一回提到的「複數 = some + 複數形」的原理相同,差別只在於上一回是「可想像的名詞」,而這一回是「無法想像的名詞」。

第49條　'some' + 單數形

範　例

① I've read that in *a book*.
② I've read that in *some book*.
③ I've read that in *a certain book*.

這三句的英譯都是「我在某本書上讀過」，但是如果細分，三者在語感上還是有些差異。

① I've read that in a book.
（我在一本書上讀過。）
② I've read that in some book.
（我在〔不知道是哪本〕書上讀過。）
③ I've read that in a certain book.
（我在某本書上讀過。）

句①的 'a book' 具有誘發聽者想要針對「是哪一本書」作進一步探詢的意味，這是由 'a' 的定義「引發聯想」所帶來的效果。

句②的 'some book' 是指說話者「確定在書上讀過，但是忘了是哪本書」，'some' 的定義是「印象模糊但確實存在」。

句③的 'a certain book' 是說話者知道是哪本書，但是刻意隱瞞時所用的講法。

範 例

Could you lend me *some money*?

　　中學時，大家可能都背過「'some' 用於肯定陳述句，'any' 用於否定句和疑問句。但是也有例外，'any' 有時也用在肯定句中；而 'some' 若是在表示請求、邀請，或是期待對方給予肯定答覆時，也可以用在疑問句中。」這麼一長串的法則吧。其實，外國人在說話時那裡考慮這麼多。在他們的認知裡，只要意思符合，'some' 和 'any' 可以用在任何句型中。

　　例如，'any' 的意思是「任何一個」、「隨便哪個都行」——

① **Any book** will do.
　　（任何一本書都行。）

這句話的意思是「管它是參考書、漫畫，還是什麼書，反正隨便給我一本書就對了」。語意上完全站得住腳，因此雖然是肯定句，使用 'any' 卻不覺得突兀。

　　另外，傳統文法也說「'some' 不能用於疑問句」，所以

② Do you have **any friends** in the U.S.?
　　（你有朋友在美國嗎？）

句中的 'any' 不能改成 'some'。這也是可以解釋的，'some' 的意思是「確實存在」，也就是說，都已經知道對方在美國有朋友了，還需要問「有沒有」嗎？所以這時只能用不確定的 'any'。

　　至於規則中所列的但書——代表請求、邀請，或是期待對方給予肯定答覆時，可以例外——讓我們利用以下三個句子一一作探討。

③ Could you lend me **some money**?

（你可不可以借我錢？）

④ Would you like **some coffee**?

（你要不要喝咖啡？）

⑤ Is there **something wrong**?

（你哪裡不舒服？）

　　句③是開口向人借錢。按常理說，借錢當然是向手頭有錢的人借，這句話的背後含義也就是「我知道你有錢，雖然不知道有多少，不過借我一點吧」。如果將句中的 'some' 改成 'any'，語意便變成「如果你有錢的話就借我，只要是錢都可以」，萬一對方拿了個古硬幣給你，大概也只能默默收下，因為古硬幣的確也是錢。

　　同理，句④的 'some' 如果改成 'any'，那可能就要小心對方端出來的咖啡裡面不是加了料，就是什麼怪味咖啡，因為「任何咖啡」實在包含了太多可能。

　　最後一句⑤則是說話者「雖然不知道具體的原因或病名，但是從對方的臉色可以確定他的確不舒服」。你看，是不是很簡單呢？

再商榷

Young people representing *each country* got together.
（各國的年輕代表聚在一起。）

　　光看 'each' 這個字的釋義「每、各個」，可能一輩子也猜不出這個字其實有「平等均分」的含義。使用時必須注意兩點，第一，'each ~' 一定是包含在某個「整體集合」當中；第二，'each' 直接修飾的名詞「均站在平等的立場」。以下面的句子為例

②**Each class** in our school lasts 90 minutes.
（我們學校每堂課都是九十分鐘。）

　　'our school' 就是一個「整體集合」，而所修飾的「課堂」'class'，也都各自站在「平等的立場」。

　　大致了解之後，我們現在再回頭看看句①。首先，'each ~' 一定是包含在某個「整體集合」之中，不管句中有沒有出現該集合體的名稱，這種語感依舊存在。換句話說，句①的語意背後有個組織召來這些各國代表，可能是聯合國或是其他國際組織。其次，因為 'each' 強調的是平等的基準點，因此也暗示了各國指派代表的人數可能有限制，比方說每國規定只能派出兩人等等。

　　如果各國的出席人數沒有限定的話，這時應該是用 'different' 修飾。

○ Young people representing **different countries** got together.

第52條　*所有格？*

The plane I took arrived two hours late.
（我搭乘的飛機晚了兩個小時飛抵。）

　　許多學生在一看到造句題「我搭乘的飛機～」，十個有八個會立刻提筆寫 'the plane I took'，但是真的須要這麼繞口才行嗎？

　　這時最自然的說法應該是 'my plane'。'my plane?!' 沒弄錯吧？「我搭乘的飛機」怎麼會變成「我的飛機」了呢？──會有這種想法的人，一定是受到「所有格」這個文法名稱的影響，認定 'my plane' 唯一的解釋就是「我的飛機」，所以不敢放心寫下答案。既然如此，何不改了這個斷章取義的稱呼呢？

　　筆者並不是要否定「所有格」代表「擁有、所有」的含義，只是認為如果適用的範圍不只這一種，也許應該用個更寬廣的定義。比方說 'my plane' 的 'my'，不管是「我的」還是「我搭乘的」，都是「和我有關」，所以或許稱為「關係格」會比「所有格」來得中肯。

　　同理，「我就讀的學校」是 'my/our school'，而「我住的公寓」就是 'my apartment'，以此類推。

第53條 *所有格&關係子句*

誤 用

Someone stole *my bicycle I left* in front of the station.
（我停在車站前面的腳踏車被人偷了。）

寫這句話的人，其思考邏輯應該是──「我的腳踏車」被偷了，所以是 'my bicycle'，然後再補上腳踏車是在哪裡被偷的關係子句。然而，這種用法在文法中卻是不允許的。

英語文法中有項規定：「所有格」和「限詞」（包含了冠詞、'this'、'that'、'some' 等等）不能一起使用。比方說，「你看他那個鼻子」的「他那個鼻子」，英語就不能直接譯成 'his that nose'。而關係子句的作用和限詞相當，上述句子的錯誤就出在所有格和關係子句不該一起出現。

所以，除非是你有好幾台腳踏車停在車站前面，否則應該要用 'the bicycle'。

○ Someone stole **the bicycle I left** in front of the station.

或者是保留前半句，省略掉關係子句也可以。

Someone stole **my bicycle**.
（我的腳踏車被人偷了。）

但是，如果是「非限定關係子句」（關係詞前面有逗號），則不在此限。例如下面這句便可以成立。

Someone stole **my bicycle, which I had left** in front of the station.
（我的腳踏車被人偷了，我停在車站前面的。）

136

Unit6

介系詞

再商榷

Thanks so much for taking me home *by car.*
（謝謝你用車子送我回家。）

　　'by' 表示方式或方法，所以 'by car'、'by train'、'by bus'……
的意思就是「利用車子、火車、巴士等等交通工具」，重點放在
交通工具的種類。換句話說，在許多交通工具中選取何種，成了
凸顯的重點。

　　上述句子裡的 'by car'，感覺就像是「謝謝你用「車子」送
我回家」，「車子」二字特別加引號，因為這句話的背景可能是
「平常總是坐公車或火車，今天卻不是，真是謝謝你了」。
如果只是要感謝人家開車接送，應該是說──

　　○ Thanks so much for **driving me** home.

直接用 'drive' 就可以了。

　　搭乘交通工具的說法，另外還有 'in a car'、'on the train/bus'
……。其中，'in' 的定義是「在～之內」，'on' 則是「擺在～之
上」，兩者都需要與具體的事物搭配，所以都得加冠詞，和 'by ~'
強調的是交通工具的名稱，不須加冠詞（參見第 29 條）的情形
不同。

第55條 *'for'* + 時間

誤 用

No one could possibly do the job *for such a short time.*
（沒人能在這麼短的時間內勝任這份工作。）

　　「for + 時間」的確是個常見的用法，但是卻不能用於上述句子。我們先來看看下面兩個句子——

① He studied English **for six months**.
　　（他學了六個月的英語。）
② He learned English **in six months**.
　　（他在六個月以內學好英語。）

句①的意思是一個月、兩個月……六個月的漸進過程；句②的 'in' 則是將六個月總括為「一段」期間，著重期限之後的結果。從這點來看，一開始的句子「在這麼短的時間內～」，很明顯是針對期限後的事作談論，所以必須用 'in'。

○ No one could possibly do the job **in such a short time**.

　　簡言之，'for ~' 指的是「～期間一直…」，'in ~' 指的是「～期限後變得…」。

範 例

① I'd like to get the 8:56 flight *for New York*.
（我想搭八點五十六分的班機到紐約。）
② We were playing cards on the plane *to Los Angeles*.
（我們在往洛杉磯的飛機上玩撲克牌。）

'for' 和 'to' 後面都可以接地名，表示「目的地」，兩者差異如下：

首先，'to' 強調的是「到達」與「到達前的過程」，具有動作的意象；而 'for' 則側重在 'for' 之後的名詞，在這裡指的是「目的地」，並無 'to' 所具有的動作感。

以句①為例，說話者當時可能是在劃位櫃檯，尚未登機，只須確認目的地無誤，以免搭錯飛機。而句②則是在飛機上發生的事，也就是飛機正往目的地洛杉磯移動。

按照文法，'to Los Angeles' 修飾 'were playing'，直譯的話就是「我們在飛機上玩撲克牌，直到抵達洛杉磯」，既交代了抵達，也交代了抵達前的過程。

第57條　*'over'*

誤　用

Let's talk about it *drinking a cup of coffee.*
（讓我們邊咖啡邊聊吧。）

　　雖然筆者曾經提醒過各位，英文作文時最好少用分詞結構，但是也說過，作為對等子句時的「附隨狀況」不在此限（參見第27條），上述句子便是將「邊喝咖啡」'drinking a cup of coffee' 認定為附隨狀況。只是，文法雖然正確，但卻犯了一個嚴重的錯誤。

　　英語的分詞結構是用來表現兩個同時進行的動作，請注意是「同時進行」。以上述句子來說，聊天與喝咖啡必須同時進行。但是，除非一個人有兩張嘴，否則以物理學的角度，這是不可能的事。

　　正確答案是用介系詞 'over'。

○ Let's talk about it **over a cup of coffee**.

　　'over' 的定義是「在～的上空」，'talk ~ over a cup of coffee' 是指閒聊的話語在咖啡上空交錯，有點隔著咖啡對談的味道，也就是譯文所要表達的「邊喝咖啡邊聊天」的意思。

Unit7

文 體

第58條　*give A B = give B to A?*

範　例

① I gave *him a book*.
② I gave *a book to him*.
（我給他一本書。）

　　這是由第三句型變換成第四句型的例子，介系詞有時用 'to' 有時用 'for'，看前面動詞搭配什麼介系詞而定。當然，現在不是做這種練習的時候，重要的是知道這兩種句型在語意上有何不同。

　　英語的語序通常是舊訊息在前，新訊息在後，所謂「舊」「新」是從閱聽者的角度出發。「閱聽者知道的」舊訊息一般朝句首的方向移動，「閱聽者不知道的」新訊息則是儘量往句尾的方向安排，後面的新訊息同時也是重點。

　　現在來看看上面的例句。句①的 'him' 是舊訊息，'a book' 是新訊息；而句②的 'a book' 則是舊訊息，'him' 是新訊息。這意味著什麼呢？以問答的方式解釋，句①可能是在回答「你給他什麼東西了？」，重點放在「物（書）」；句②則是回答「你把書給了誰了？」，重點放在「人（他）」。

　　所以，嚴格說來，「**give A B ≠ give B to A**」。

第59條 *'try on it'*?

範 例

① Why don't you *try on that sweater*?
② Why don't you *try that sweater on*?
（你何不試穿看看那件毛衣？）
③ Why don't you *try it on*?
（你要不要試穿那個？）

'try on ~' 的意思是「試穿、試戴」，是個簡單的片語，不過受詞的位置可是門學問。

首先，當受詞為普通名詞時，可以作 'try on ~' 或是 'try ~ on'。但如果是代名詞時，則只能用 'try ~ on'。這是因為代名詞多半是代替曾經提過的名詞，也就是對方已經知道的舊訊息，必須避免放在句尾。

其次，即使同樣是普通名詞，依照放置位置的不同，語意也有所差異。例如句①和句②，前者的新訊息是 'that sweater'，重點在於所選的是哪一件毛衣；後者的焦點則是擺在 'on'，著重在「穿」的動作。

第60條　*被動語態*

① Steve *broke* the window.
（史提夫打破了那扇窗戶。）
② The window *was broken* by Steve.
（那扇窗戶被史提夫打破了。）

在學習英語的過程中，每個人可能都學過如何將主動語態變換為被動語態，但如果只是無意義的轉換，基本上是百害而無一利的。

在句①的主動語態中，'Steve' 是舊訊息，'the window' 是新訊息，但在轉換成被動語態之後，新訊息變成 'Steve'，'the window' 則成了舊訊息。尤其是碰到句尾是「by＋動作的執行者」的被動語態時，基於新訊息在後的原則，動作的執行者甚至成為強調的重點。例如：

They speak English in Australia.
→English is spoken in Australia by them.

主動語態時原本平鋪直述的句子，到了被動語態一躍成為強調式的句型，意指「在澳洲說英語的就是他們」，'by them' 成了焦點。再打個比方——

Someone set fire to the house.
→The house was set fire to by someone.

'by someone' 是句子的重點，意思是「那棟房子就是被某人放火燒了」。這裡的「某人」如果已經被抓到，有名有姓，或許還說的過去，但若是連嫌犯是誰都不知道時，實在不須強調。一般來

說，當執行者不明或是不需強調時，被動語態很少出現動作的執行者。

→English is spoken in Australia.
→The house was set fire.

　　總而言之，已知動作執行者的身分時，並不宜刻意改成被動語態。

第61條　*沒有什麼比~更…*

再商榷

Nothing is more pleasant than those little kindnesses you receive on a trip.
（沒有什麼比旅行時受到親切招待還快樂的事了。）

　　上面這句話固然沒有錯，但是根據筆者多年的教學經驗，每當有學生寫下這種句子，外籍老師通常會在作文後加上這麼一句評語：「出外旅行時，還有很多事比親切招待還令人快樂的哦！」

　　「Nothing is + 比較級 + than ~」這個句型的語意其實相當於最高級。換句話說，如果 '~' 不是最高級的事物，整個句子便顯得有些怪異。讀者可以試著回想以前在參考書中看過的例句──

　　Nothing is more precious than time.
　　（沒有什麼比時間更寶貴的了。）

　　一開始的句子，問題也是出在語意略嫌誇張。如果請外籍人士來寫這句話，可能會是以下這種說法──

○ It always makes me happy when people are kind to me while traveling.

第62條 比～更…

誤 用

Japanese houses are *even smaller* than those in the U.S.

（日本的房子比美國的小多了。）

「A is much + 比較級 + than B.」是個常見的用法。'much' 的意思是「非常、大大地」，換句話說，A 和 B 的差距「不小」。以下面的句子為例——

Joe is **much taller** than John.

假設 John 的身高是 150 cm，那麼 Joe 的身高至少有 180～190 cm。

但是當這個句子改成「A is even + 比較級 + than B.」時，意思便會變成「雖然 B 相當不錯，但是 A 卻更好」。例如：

Joe is **even taller** than John.

句中的 John 按照標準來說屬於高個子，假設有 180 cm 好了，沒想到 Joe 卻更勝一籌，有 190 cm 高。

也就是說，一開始的句子應該譯成「美國的房子已經夠小了，日本的房子卻更小」。後半句也許對，但是美國的房子在一般人的認知裡並不小，所以必須改成 'much'。

○ Japanese houses are **much smaller** than those in the U.S.

第63條 （一般）人

再商榷

We don't realize how important good health is until we become ill.
（人總是要等到生病時，才知道健康的可貴。）

泛指「人」時，理論上雖然有 'one'、'we'、'you' 等人稱代名詞可以套用，但是除了 'you' 以外，使用時多半都有限制。

首先是 'one'，這個字在作「人們」解釋時，一般不會出現在日常會話中。說得再直接點就是，大多只有在辭典等生硬的書籍中看得到。

其次是 'we'，有「他們」才有「我們」。換句話說，在使用這個字時，說話者多半是將人群界定為 'we' 和 'they' 兩個集團。以上述句子為例，話中便暗示了有相對於 'we' 的「在生病前就曉得健康可貴」的 'they' 存在。所以，如果要泛指所有人時，最好還是用 'you' 比較妥當。

○ **You** don't realize how important good health is until **you** become ill.

那麼，何時才適合使用 'we' 呢？當所指的是「現代人」（相對於古人），或是「本地人」（相對於外地人）時──

Cars are something **we** can't do without today.
（車子對現代人是不可或缺的。）

在這個例子裡，'we' 除了是針對古人發言，也是針對地球上其他「不用車輛的民族」。

We've had more snow than usual this year.
（今年下的雪比往年多。）

這裡的 'we' 指的是「和自己住在同一區」的居民。從全球的角度來看，的確是還有更大一群的 'they' 存在。

另外還有一個字 'they' 也頗值得一提，這個字的使用前提是對話雙方都必須清楚所指的對象是誰，也就是對象必須是特定的，不能用來泛指「人」——

In the West *they* have a bigger party at Christmas than on New Year's.（✕）
（在西方，人們慶祝聖誕節比慶祝新年還熱鬧。）

寫這個句子的人可能是認為 they 與 in the west 呼應，可以等於「在西方的人」，也就是「西洋人」，殊不知句中的 they 反成了困擾 native speakers 的關鍵，因為 they 必須是特定的對象，但是句中完全沒有交待，叫人聽得一頭霧水。正確的說法應該是 'people'——

In the West **people** have a bigger party at Christmas than on New Year's.（○）

一般我們所看到的 they，如果沒有特別交待時，多半是指「業者」或是「相關人士」。

They're bringing out more and more magazines for young people.
（專門給年輕人看的雜誌相繼創刊。）

第64條　名詞片語

再商榷

It was not until I left school that I realized *the importance of study*.
（出了學校以後，才了解讀書的重要。）

「讀書的重要」——碰到這樣的翻譯題，許多人的反應想必都是 'the importance of study'。這種說法雖然沒錯，但實在拗口。類似這類抽象名詞，其實不妨考慮用 'how' 來表達。

○ It was not until I left school that I realized **how important it is to study**.

這種用法不但漂亮，而且又口語，唯一要注意的是形容詞、副詞必須緊接在 'how' 的後面。

再舉一個例子，如何譯「當病人的感受」？與其直譯 'the feelings of being sick people'，不如譯成 'how it feels to be ill' 來得順口。

It was not until I got sick that I realized **how it feels to be ill**.
（直到我生了病，才曉得病人的感受。）

再商榷

During my stay in Paris, I ran into a friend.
（我在巴黎旅行時，巧遇一位朋友。）

　　一般來說，如果「介系詞 + 名詞」（介系詞片語）與「連接詞 + S + V ~」都可以使用時，通常以後者的說法較為口語。例如，上述句子的 'during my stay in Paris'，就不如 'while I was traveling in Paris' 來得自然。

○ **While I was traveling in Paris**, I ran into a friend.

　　同樣地，「用餐時」、「小時候」等等，也是用 'while eating'、'when I was a child' 比 'at meals'、'in my childhood' 來得好。

　　以此類推，其他像是「年輕時」、「學生時期」則可以說 'when I was young'、'when I was in school'……。

第66條　'there are a ~'?

誤　用

There are an apple and three oranges on the table.
（桌上有一個蘋果和三個柳丁。）

　　這個句子大概是因為考慮到 1 + 3 = 4，而 4 是複數，所以選擇用 be 動詞複數 'are'。但是，英文是由左向右閱讀的語言，前面若有不協調的部分，就會一直停留在腦海裡，使得整句話顯得怪怪的。上面這句話便是如此，當人們一讀到 'There are a ~'，直覺便認定有問題，即使整句都看完了，知道理論上確實是複數，仍然無法釋懷，這也是為什麼以下句子會被認為是正確說法的原因。

○ **There is an** apple and three oranges on the table.

　　當然，有些人可能還是無法接受，覺得這種說法一點也不合文法邏輯。沒關係，你也可以將蘋果和柳丁的前後位置對調，改為——

There are three oranges and an apple on the table.

就沒有爭議了。

　　我們學習文法的目的是為了學會正確且自然的表達方式，但有時反而陷在文法的泥淖裡，把自己整得很慘，這點相信大家都有體驗。就像科學無法盡釋所有事物一樣，文法其實也不能完全解釋語言的一切。仔細想想，學習語言還真是不容易。

一本特別針對商業人士社交需求所編寫的實用社交英文書信範例

社交英文書信

商務貿易關係若僅止於格式化的書信往返，彼此將永遠不會有深層的互動。若想進一步打好人際關係，除了訂單、出貨之外，噓寒問暖也是必須的。本書特別附有詳細的中譯及語句注釋，您千萬不可錯過！

活用美語修辭
——老美的說話藝術

日常生活中，我們經常引用各種譬喻，加入想像力的調味，使自己的用字遣詞更為豐富生動，而英語的世界又何嘗不是？且看作者如何以幽默的筆調，引用英文書報雜誌中的巧言妙句，帶您倘佯美國人的想像天地。

國家圖書館出版品預行編目資料

英語大考驗 / 小倉弘著；三民書局編輯部譯. －－初
版一刷. －－臺北市；三民，民90
　　面；　公分

　ISBN 957-14-3488-4　（平裝）

805

網路書店位址　http://www.sanmin.com.tw

ⓒ　英語大考驗

著作人　小倉弘
譯　者　三民書局編輯部
發行人　劉振強
著作財　三民書局股份有限公司
產權人　臺北市復興北路三八六號
發行所　三民書局股份有限公司
　　　　地址／臺北市復興北路三八六號
　　　　電話／二五〇〇六六〇〇
　　　　郵撥／〇〇〇九九九八――五號
印刷所　三民書局股份有限公司
門市部　復北店／臺北市復興北路三八六號
　　　　重南店／臺北市重慶南路一段六十一號
初版一刷　中華民國九十年六月
編　號　S 80257
基本定價　貳元陸角
行政院新聞局登記證局版臺業字第〇二〇〇號

有著作權・不准侵害

ISBN　957-14-3488-4　（平裝）

林耀福等 主編 定價1500元

三民英漢大辭典

　　蒐羅字彙高達14萬字，片語數亦高達3萬6千。囊括各領域的新詞彙，為一部帶領您邁向廿一世紀的最佳工具書。

莊信正、楊榮華 主編 定價1000元

三民全球英漢辭典

　　全書詞條超過93,000項。釋義清晰明瞭，針對詞彙內涵作深入解析，是一本能有效提昇英語實力的好辭典。

三民廣解英漢辭典

謝國平 主編　定價1400元

　　收錄各種專門術語、時事用語達100,000字。例句豐富，並針對易錯文法、語法做深入淺出的解釋，是一部最符合英語學習者需求的辭典。

三民新英漢辭典

何萬順 主編　定價900元

　　收錄詞目增至67,500項。詳列原義、引申義，讓您確實掌握字義，加強活用能力。新增「搭配」欄，羅列慣用的詞語搭配用法，讓您輕鬆學習道地的英語。

三民新知英漢辭典

宋美璍、陳長房 主編
定價1000元

　　收錄中學、大專所需詞彙43,000字，總詞目多達60,000項。用來強調重要字彙多義性的「用法指引」，使讀者充份掌握主要用法及用例。是一本很生活、很實用的英漢辭典，讓您在生動、新穎的解說中快樂學習！

三民袖珍英漢辭典

謝國平、張寶燕 主編
定價280元

收錄詞條高達58,000字。從最新的專業術語、時事用詞到日常生活所需詞彙全數網羅。輕巧便利的口袋型設計,易於隨身攜帶。是一本專為需要經常查閱最新詞彙的您所設計的袖珍辭典。

三民簡明英漢辭典

宋美瑋、陳長房 主編
定價260元

收錄57,000字。口袋型設計,輕巧方便。常用字以＊特別標示,查閱更便捷。並附簡明英美地圖,是出國旅遊的良伴。

三民精解英漢辭典

何萬順 主編 定價500元

收錄詞條25,000字,以一般常用詞彙為主。以圖框針對句法結構、語法加以詳盡解說。全書雙色印刷,輔以豐富的漫畫式插圖,讓您在快樂的氣氛中學習。

謝國平 主編 定價350元

三民皇冠英漢辭典

明顯標示國中生必學的507個單字和最常犯的錯誤,說明詳盡,文字淺顯,是大學教授、中學老師一致肯定、推薦,最適合中學生和英語初學者使用的實用辭典!

莊信正、楊榮華 主編 定價580元

美國日常語辭典

自日用用品、飲食文化、文學、藝術、到常見俚語,本書廣泛收錄美國人生活各層面中經常使用的語彙,以求完整呈現美國真實面貌,讓您不只學好美語,更能進一步瞭解美國社會與文化。是一本能伴您暢遊美國的最佳工具書!

三民英漢辭典系列

Sanmin English-Chinese Dictionary

三民英語學習系列